AF444874

Amador Castro Moure

MEMORIAS DE ANTES DO ENCORO

ISBN: 9798502777179
Selo: publicación independente.
Edición a cargo de **María López Suárez   @kokolosu**

Sóio te teño a ti, miña memoria,
envolta en señardades e recordos:
unhas pingas de chuvia esbagoando
por un cristal de soños.

Celso Emilio Ferreiro

Contido

1. Anaco do diario da Delia

21 de xuño de 1940

Cando Dimas entrou no Casino de Taboadela dos Viños, saudou, coma decote, ao dono, Luís, ao seu fillo Cándido e á súa filla Marceliña.

Luís, sempre ledo e riseiro, tiña ese día o rostro grave e algo apesarado. A súa única cella semellaba a piques de se partir en dúas pola forza coa que poñía cara de pan. E non era mellor a expresión nas cariñas dos seus fillos. Se non de terror, si dun medo atroz.

Ao mirar Dimas cara á dereita, no lugar en que só agardaba ver unha mesa de billar, sorprendeuse ao atopar o Casino enteiro tomado por soldados e outros homes que non eran soldados, aínda que tamén vestían unha sorte de uniforme e levaban armas nos cintos. O Casino é grande e arredor da mesa de billar hai espazo abondo para xogar sen ter que torcer os tacos. Dous soldados botaban unha partida e o resto repartíase pola sala, en pequenos grupos, fumando, bebendo e charlando despreocupados. O Dimas xamais vira tanto soldado xunto.

Achegouse á barra e pediu un viño. Mentres o Luís lle servía o líquido violeta na cunca branca de cerámica, Dimas fixo un aceno cara aos soldados coa testa e Luís encolleu os ombreiros coa mirada triste.

—Sabes se funciona o coche de liña para Lugo?

—Aquí ninguén sabe nada de nada e, se preguntas, mírante

coma se foses un criminal ou quixeses baralla —respondeu o Luís nun murmurio—. Había ben tempo que non viñas. Desde o fin da guerra isto é así case cada día.

—Vin preguntar polo meu tío, polo pai da Delia e por outros da aldea que levaron nun camión militar hai catro anos... Seica, por fin, os van xulgar en Lugo —dixo o Dimas tamén cun fío de voz—. PARECE QUE IRÁ CALOR ESTE VRAO —engadiu en voz alta para que o oísen os soldados.

—PARECE QUE NOS IMOS QUEIMAR, SI —replicou o Luís case berrando—. Eu de ti non iría a Lugo —engadiu en voz baixa—, están perigosas as estradas... Nas cunetas seguen aparecendo cadáveres de paseados cada día e hai controles cada pouco... Pensa que o Lamela che ten ganas.

—Vou ter que ir. Non hai outra maneira de saber do meu tío. Ao mellor estes pódenme dicir algo…

—Non vaias facer ningunha…

Os soldados que xogaban ao billar remataran a partida. Dimas, ignorando a advertencia inacabada, viuno e preguntou:

—Pódese xogar?

Un dos homes de uniforme azul cruzou os seus ollos cos do Dimas, puxo en pé o seu enxoito metro oitenta de estatura e, sorrindo con certa soberbia, contestou:

—Se sabes…

—A 40 carambolas? —preguntou Dimas.

—Que sexa a 30! —respondeu altivo o de azul, defendendo a súa parcela de poder.

Os soldados que remataran de xogar sentaron a carón dos compañeiros e todos dirixiron as miradas cara á mesa de billar. Desertores do arado, sorrían con burla diante daquel aldeán paiolo que se atrevía a xogar unha partida co flamante xefe local do *Movimiento*. Malia as súas caras famélicas e cansas, as cabezas inzadas de piollos e os seus berces aldeáns de subsistencia, idénticos aos do Dimas, o uniforme, as armas, ou ambas as cousas parecíanlles inferir unha súbita amnesia sobre todo o que a súa vida fora con anterioridade.

A cara que coroaba o uniforme azul, contra a que xogaba Dimas, éralle moi familiar, como se xa a vise antes. Pero o pelo rapado, a face chuchada e cuberta de po, a barba de catro días, a pucha vermella no ombreiro e mais o aspecto que dá a vestimenta impedíanlle situar con exactitude o lugar onde coincidira con aquela faciana.

Comezou a partida o falanxista. Fixo tres carambolas seguidas e fallou a cuarta. Tocoulle a vez ao Dimas que encadeou oito carambolas seguidas. Fallou a novena, pero deixou as tres bólas en ringleira. O falanxista errou o seu tiro e volveulle tocar a Dimas, que efectuou dez carambolas seguidas. Cando o xefe local do *Movimiento* ía facer o primeiro tiro da súa quenda, camiñando derredor da mesa, pensando na próxima xogada, dixo:

—Tres a cero!

—Como? Imos tres a dezaoito!

—Non, rapaz. As carambolas son a tres bandas. —A sala rompeu en sonoras gargalladas.

—Iso haino que dicir antes de comezar a xogar!

—Mira, paiolo de merda: se non sabes xogar, non xogues. Xa te advertín antes. Non veñas aquí a nos dicir como se teñen que facer as cousas… Xa lle demos o seu ao teu tío, non queiras tragar o mesmo xarope ca el —dixo, pasando o taco da súa man dereita á esquerda e levando aquela á funda de coiro da pistola.

—Que lle fixeches ao meu tío? —preguntou Dimas, case berrando, cambiando a prioridade da discusión, brancos os dedos pola forza que exercían sobre o taco.

—A el e aos seus amigos démoslles o pasaporte hoxe á mañá. Non merecían outra cousa. *Igualito* que lles pasou a aqueles musiquiños de merda.

Esa frase foi a chave no cadeado que pechaba a memoria do Dimas. Aquel home de cargo tan importante era Expósito, o xardineiro orfo, seica feito nun pallar, que acolleran os Ferreiros na súa casa cando só tiña oito anos de idade. O alcume víñalles do oficio familiar, por varias xeracións, até que o pai deles decidiu que os fillos tiñan que estudar. Aínda conservaban a forxa, convertida en biblioteca e museo.

Expósito vivía nun cuarto que construíran para el nunha parte da ferraría e gañaba un xornal coidando a horta, as galiñas, os coellos, o porco e as poucas leiras dos profesores. Aprendéranlle a ler e mais a escribir, aínda que nunca sentira interese ningún pola música. E, cando os alumnos iamos ensaiar, encargábase de nos servir as galletas e os vasos de leite da merenda coa que nos agasallaban os mestres.

Dicíase pola zona que lle faltaba un fervor, que tivera moita sorte ao atoparse cos dous irmáns músicos… e mentres todos estes pensamentos lle chegaban á cabeza en décimas de segundo, outros pensamentos, máis sinistros, amoreábanse detrás deles empurrando por saíren á superficie. Dimas non podía crer o que estaba pensando. Levaba anos preguntándose quen matara os Ferreiros, quen era próximo abondo como para que non puidesen fuxir en canto soubesen que había quen andaba a matar xente. Pareceu coma se o Expósito lle lese o pensamento ou este se reflectise na súa face, porque a man que repousaba sobre a funda de coiro espertou devagar para comezar a abrir a fibela que suxeitaba a culata da pistola.

Dimas, ao notar o pouco sutil movemento, soltou un golpe co taco con toda a forza que pode sacar a rabia dun corpo de dezaseis anos. O ar denso e viciado transmutouse en asubío e o taco morreu matando, labras que foron pau, contra a caluga do falanxista. Aínda non chegara a boina vermella ao verde tapete, aínda non se conxelara de todo a ollada de Expósito nin a dos soldados, mudas testemuñas incrédulas, e xa estaba Dimas correndo cara á súa aldea, Mourelos, atravesando os bosques de carballos e castiñeiros, evitando os camiños coñecidos, sen mirar atrás nin parar por nada do mundo…

2. Miña terra galega

Apenas tivera tempo de baixar do coche de liña, de familiarizarme coa praza na que parara, de deixar a bolsa de viaxe no chan, onde a depositara para poder coller un cigarro, dar tres golpes contra o paquete co filtro, viralo cos dedos, levalo á boca e acendelo, cando un asubío anunciou a chegada dunha mensaxe ao móbil. Dubidei un momento entre ignorar a mensaxe e poñerme en marcha ou, pola contra, quitar de enriba a curiosidade (teño que recoñecer que me custa moito ficar impasíbel ante as chamadas de calquera aparello) e quedar libre para facer o que me apetecese.

Pulsei a icona que aparecía en pantalla para ler a mensaxe. «Botot d - Xira x GZ. Vemonos a volta n1 bar do q. latin?»[1] Valérie Codeisán! Que inoportuna! Sete anos loitando contra a tortura do seu recordo e, agora que reunira folgos para saír do meu illamento e coñecer a terra do meu pai, aparecía de xira co seu grupo de folk pola Galiza cuxa existencia ela mesma me descubrira.

Retomei, non obstante, aquilo no que estaba a pensar xusto cando soou o aviso de mensaxe no móbil: comer. Mentres fumaba o cigarro, dei unha volta sobre min mesmo inspeccionando o urbanismo daquela poboación chamada Taboadela

---

[1] Bótote de menos. Xira por Galiza. Vémonos á volta nun bar do *quartier latin*?

dos Viños.

Desde a praza cuberta aínda por un toldo de festa, ollando cara ao norte, divisaba dous bares en sellas esquinas. Nun deles destacaba, a través dos cristais, un xigantesco televisor de pantalla plana que emitía videoclips musicais. O outro, na esquina oposta, quedaba algo máis lonxe da vista e era difícil adiviñar a súa disposición interior. Na estreita beirarrúa, algunhas familias, ou grupos de homes sós, ocupaban as poucas mesas defendidas do sol por unha antuca.

Cara ao sur, na que debera de ser en tempos a antiga estrada *nacional* que atravesaba moitas vilas, tras dunha panadaría, unha libraría e unha sucursal bancaria, víase un cartel negro, con letras verdes, no que se podía ler «Anduriña». Aquela enigmática palabra levoume a escoller o lugar para probar, por primeira vez, as viandas daquela terra.

Apurei o cigarro antes de entrar mentres anotaba a palabra no tradutor do móbil. *Hirondelle*. As palabras que non se asemellan nas linguas románicas son as que as fan máis fermosas.

Ao abrir a porta choquei contra o silencio inhóspito dun local baleiro e deseguida pensei que me equivocara. Se os outros bares estaban cheos, este baleiro non podía augurar nada bo. Cando xa daba media volta, apareceu o dono, un home riseiro, moreno, delgado, non moi alto, de idade indefiníbel entre cincuenta e sesenta anos, con lentes bastante grosas, mandil branco e un gorro de cociñeiro na cabeza. Tendeume a man en sinal de benvida e presentouse como José Manuel; realizou despois un movemento circular de capote imaxinario co brazo, indicándome que tomase asento en calquera mesa.

—Querería comer algo —dixen, dubitativo.

—Pois para iso estamos —respondeu—, para satisfacer a fame dos nosos clientes. É moi cedo. Pero que raio, quen dá primeiro, dá dúas veces.

Foi a primeira cousa que aprendín. Os horarios do xantar son máis tardíos que en París. Ou en París son máis madrugadores. Tomei asento na mesa que quedaba máis á man, disposto a pedir unha ensaladiña e saír correndo na busca dalgún lugar mellor, cando o José Manuel adiantouse dicindo:

—Tiña algo concreto en mente ou permíteme suxerirlle que arrinquemos cuns choquiños na súa tinta?

—Paréceme perfecto —asentín tras uns milisegundos pondo cara de peixe mentres tentaba estabelecer unha asociación de ideas entre a descoñecida palabra «choquiños» e a palabra «tinta».

—E para beber que será?

—Ten algún bo viño branco?

—Teño un godello da terra, da Ribeira do Mineu, que consola o ceo da boca e fai esquecer as penas.

—Pois degustemos ese viño.

José Manuel ía sacando da cociña os pratos que elaboraba unha muller, e servíaos na mesa no momento xusto en que remataba co prato anterior. Choquiños en tinta, navallas á grella con allo e perexil, anchoas do cantábrico, lacón cocido aderezado con pemento vermello, sal gordo e aceite de oliva, acompañado de pan con tomate...

—O pan con tomate é un invento catalán —explicou José Manuel cando me viu a cara de estrañeza— que me parece unha das mellores achegas á historia culinaria da humanidade. Non vai ben con todo, xa que cos pratos de mollar é mellor o pan sen adornos, ao igual que cos queixos, pero con embutido ou con anchoas paréceme dunha delicadeza extrema. Os tomates teñen que estar ben maduros para refregalos no pan e tinguilo de vermello. Un pouco de aceite de oliva virxe e sal complementan o tomate.

—E como chegou vostede a importar este prato?

—Como moitos galegos, emigrei a Barcelona cando era novo, en 1965. Púxenme a traballar de camareiro e fun cambiando de local a medida que tocaba teito no anterior. Nun deles coñecín a miña dona, a Carmeta, que é catalá —dixo sinalando cara á cociña—. Cando a nosa filla se independizou decidimos volver á Galiza e montar o noso propio negocio. Pareceulle todo ben?

—Pareceume todo excelente!

—Quererá algo de sobremesa?

—Sorpréndame!

José Manuel dirixiuse ao mostrador-neveira que separaba a cociña do resto do local e pediulle algo á Carmeta que non entendín. Cando volveu, depositou na mesa un prato estreito, rectangular, dunha cor branca inmaculada, sobre cuxo lado esquerdo repousaba, á espera de ser degustado, un anaco cúbico de algo que parecía unha torta de chocolate, rodeada de anaquiños de pistacho esparexidos polo resto do prato, algo de cacao puro en po mesturado con canela, e mais unhas gotas, aquí e alá, de chocolate *fondant*.

—Esta é a torta tradicional de galleta que facían as nosas avoas e nais. Mollábanse as galletas, o xusto, nunha mestura de leite con café e coñac e estendíanse sobre unha fonte. A continuación cubríanse cunha capa de manteiga mesturada con café e azucre. Unha nova capa de galletas e unha capa de chocolate desfeito. E así tantas capas alternas como a cociñeira considerase necesario. Todo iso cubríase, por enriba e polos lados, con cobertura de chocolate e con adornos de clara de ovo ao punto de neve.

»Nós variamos un pouco a receita e substituímos o coñac por un licor café suave, a manteiga por *mascarpone* e as galletas María por galletas de canela da vila de Cambeo, fusionando a nosa receita tradicional coa do tiramisú italiano. Aínda non lle puxemos nome. Na carta seguímoslle chamando *torta de biscoito da avoa*.

Collín coa culler unha porción da tenra torta. Leveina á boca e deixei translucir ao exterior as sensacións físicas de orgasmo culinario que me dominaban. Tomei o meu tempo gorentando cada cullerada daquela sobremesa cun lixeiro toque alcohólico até que rematei con ela por completo, e reclineime no respaldo da cadeira, moi satisfeito.

—Café? Unha copiña?

—Un café só e algún licor da terra.

Mentres se facía o café, José Manuel depositou na mesa varias botellas con líquidos de distintas cores. Augardente branca e de herbas, licor café, licor de cereixas, licor de augardente, similar ao Baileys na súa cor e textura leitosa, licor de mel, de noces, de abelás...

—Todos elaborados por nós mesmos.

Decidinme a probar a augardente branca. Aínda que era forte de entrada, o seu sabor aromático, a froita fresca, cativoume abondo para repetir. Deixei para outra ocasión a cata dos outros licores. Saquei un cigarro do paquete, deille os tres golpes e a volta e, antes de levalo á boca, dixen:

—Lémbrame a *grappa*. Exquisito. Vou botar un pito e volvo.

—Agora non hai ninguén —dixo José Manuel sinalando a vacuidade do local—. Aínda pasará unha hora até que veña alguén xantar. Pode fumar se o desexa, non hai a quen lle moleste e non creo que vaia vir un inspector até este recuncho do cu do mundo. De feito, aproveitarei para botar eu tamén un pito.

—Séntese comigo e tomamos unha copa xuntos.

—E ben? Que trae por aquí a alguén que fala galego con acento francés? —preguntou, tentando non ser inquisitivo de máis, José Manuel.

—O meu pai naceu aquí perto, nun lugar chamado Mourelos. Ando na típica viaxe para coñecer as raíces. Non sei se lle soará. Chamábase Dimas Pérez Diéguez.

Un arrepío percorreu a espiña dorsal de José Manuel até lle torcer o fociño. Despois souben que había moitos anos que non ouvira amentar o nome do pai.

—Dimas Pérez, o Billares... Eu era moi cativo cando marchou para non volver. Teño algúns recordos confusos, aínda que a maioría son historias que oín contar e ninguén sabe até que punto se pode fiar un dos chismes... Mourelos hai moitos anos que non existe. Quedou embaixo do encoro nos anos sesenta e os que vivían alí tiveron que marchar.

—Non queda ninguén que o coñecese? —preguntei, decepcionado.

—En Freimondi aínda vive un amigo do seu pai, o Xaquín da Vila. Seica toleou. En Montoxo ten un restaurante o fillo dun curmán seu, o Caracho. Quizais, de neno, lle teñan contado algunha historia do Dimas.

—Por onde cree que tería de comezar?

—Vaia visitar Freimondi. É unha aldea pequena a sete quilómetros de aquí cunhas vistas impresionantes sobre o río Mineu. Moitos habitantes de Mourelos estabelecéronse alí. A pouca xente que vive agora seguro que sabe máis ca min. Pode agardar o coche de liña das seis ou pode coller un taxi aí mesmo na praza...

Paguei a comida («Aos licores está convidado»). Un prezo que me pareceu demasiado barato para o que gozara e, sobre todo, en comparación cos prezos de París.

3. Valérie

A paixón de Valérie Codeisán por Galiza e o galego era tanto ou máis grande que a que demostraba entre o algodón das sabas.

Coñecina en París, sendo eu profesor dun seminario, algo improvisado e aceptado con calzador, sobre novas tecnoloxías aplicadas ao instrumento musical. Valérie matriculárase sen demasiado interese. Buscaba aínda algo que a satisfixese, compaxinando a música, baseada nas raíces duns pais emigrantes, con todo tipo de actividades diversas e dispares. E o gusto pola música, en certo modo, fóralle imposto. As integrantes do seu grupo de folk coñecéranse de meniñas nas clases de baile e pandeireta organizadas polo Centro Galego de Bruxelas, cidade onde naceran.

Apaixonada en todo canto facía, pero incapaz de mostrar un interese duradeiro, ía saltando de seminario en seminario até que me coñeceu. Nun cruzamento de camiños, as nosas vidas, os nosos corpos e os nosos alentos trenzáronse dun xeito que, daquela, parecía indisolúbel.

Ambos os dous aprendemos do outro. Souben que Galiza existía. A través da música e das apaixonadas descricións de Valérie cheguei a amalas tanto, a ela e a Galiza, como nalgún momento odiei o meu pai.

Valérie tivo en min a man que che dá o pulo definitivo. Deille seguridade nela mesma e unha meta á que chegar: triunfar no mundo da música. Entón, deixou de saltar de seminario en seminario e fundou, coas súas amigas da infancia, o grupo Esprito. Foi tamén o momento no que comezou a distanciarse amodo de min, cando o grupo marchou de xira, cantando en galego, por Amberes, Alemaña, Francia ou Holanda, mentres eu quedaba en París traballando no meu laboratorio de Análise Forense Dixital ou impartindo os meus seminarios na universidade. Distanciamento que se fixo definitivo cando a cantante do grupo Urban Trout, Satkia Clavier, acusada de simpatizar coa extrema dereita, foi substituída por Valérie poucas semanas antes do Festival de Eurovisión, onde irían representando a televisión pública belga coa canción *Slimanai*, escrita nun idioma imaxinario.

Ao afundimento do petroleiro Prestige, seguiulle o naufraxio da nosa relación. Así foi como, o ano 2003, pouco despois de nos unir os dous á Plateforme Contre La Burle Noire, Valérie me abandonou polo líder da banda, Yves Barbier, para cantar ante as televisións de media Europa e quedar no segundo posto dun concurso con polémica: a organización do festival prohibíralle saír ao escenario coa camisola do movemento «Nunca Máis».

Non tiven ningún contacto directo máis coa Valérie. Souben dela de maneira intermitente, durante os últimos sete anos, a través da prensa ou a televisión.

En 2004 os medios relacionárona con Luca Sallieri, facendo campaña a prol da súa candidatura europea polo partido Verde; en 2006 apareceu xunto a Anxo Cebola, técnico da radiotelevisión francófona belga, gaiteiro fundador do grupo de fusión Imaxes, a quen tamén coñecía desde a infancia no

Centro Galego; pero non tiven noticias persoais dela se exceptuamos algunha mensaxe de texto por fin de ano ou o día do meu aniversario.

Valérie, *loin des yeux, près du cœur*, xusto agora que eu decidira emprender unha pequena peregrinación de encontro coas miñas raíces, o teléfono móbil empeñábase en me lembrar que a historia que quería esquecer irrompía en Taboadela dos Viños, case na fin do mundo, en forma de etapa dunha xira musical.

4. Freimondi

Camiñei até a praza onde me deixara o autobús e divisei tres taxis brancos na parada correspondente. Achegueime ao primeiro deles.

—Levaríame a Freimondi?

—Claro —dixo o taxista collendo a bolsa de viaxe e depositándoa no maleteiro.

O chofer manobrou facendo derrapar as rodas traseiras e obrigando o Skoda a virar sobre si colocándoo en posición de enfilar, a toda velocidade, a estrada comarcal, xusto no lado oposto de onde estaba situado na parada de taxis. Un home novo, de vinte e poucos anos, case sen pescozo, meixelas gordas e rubias, riseiro e falador.

—Vostede non é de aquí, non é?

—Non.

—Belga?

—Francés —respondín, incómodo.

—Como Abidal, Ribery, Benzemà...

—Non sigo moito o fútbol, pero si, eles son tan franceses coma min.

—Se vai a Freimondi, debe de ser fillo de emigrantes. Sabía que o 94 % dos estranxeiros que veñen a Galiza son fillos de emigrantes? E que o 5 % deles queda a vivir aquí para sempre? Dous rapaces franceses que viñan todos os veráns cos pais, montaron un bar aquí e unha moza suíza que veu pasar unhas vacacións xa non quixo volver.

—Eu acabo de aterrar...

—O normal é que comecen visitando Santiago, os castros, as rías... Ata aquí chegan poucos se non son netos do país. Ten familia en Freimondi?

—A verdade é que non o sei... Eu viña visitar Mourelos, pero polo que parece, xa non existe.

—Mourelos é unha Atlántida fluvial.

—Quere dicir que aínda queda xente con vida aí embaixo? —preguntei, burlón, imaxinando seres provistos de guerlas mergullados nas augas do encoro.

—Iso non llo sei, pero que hai moitas vidas embaixo da auga, pódeo crer. Chámome Carlos. Carlos Díez. Se quere un bo guía, podo ser o seu taxista particular. Pechamos un prezo polos días que vaia estar por aquí e eu encantado...

—César. César Acosta. Pode que acepte a súa oferta. Aínda non sei canto tempo vou estar... Xa falaremos máis adiante.

Carlos, especialista en psicoloxía polo *Reader's Digest*, captou nesa frase a miña necesidade de silencio. Avanzamos pola estreita e curvada estrada os quilómetros restantes, flanqueados por grosos, anciáns e maxestosos carballos e castiñeiros que, nun momento determinado, daban paso ao dominio de eucaliptos e piñeiros, en disposición menos anárquica, para desaparecer das beiras da estrada, amosando un fermoso val, pouco antes de chegar a un ensanche onde un sinal anunciaba a chegada a «Freimondi, Concello de Taboadela dos Viños».

Á esquerda, unha fonte de granito murmuraba sen acougo, desgastando pouco a pouco, con paciencia secular, a verdosa pedra da base, circundada por uns bancos do mesmo material que invitaban ao faladoiro dos ausentes fregueses. Á parte da auga, algún grilo e algún paxaro insomne, non se ouvía ruído ningún que invitase a considerar que aquela aldea estaba habitada.

—É a hora da soneca —respondeu Carlos á miña pregunta non formulada.

—A soneca? —preguntei, inxenuo.

—A sesta, a *hora sexta* romana, un ritual sagrado que consiste en durmir uns minutos indeterminados despois do xantar.

Á dereita un vello rótulo de madeira de caracteres ilexíbeis, sobre unha porta gris, facía pensar nalgún tipo de comercio que, sen dúbida, vivira tempos mellores e ao que xa se achegaba Carlos sen agardar a que eu me decidise por tomar un camiño ou outro.

Unha campaíña soou ao franquear a porta. Tras ela agochábase unha pequena sala, de apenas vinte metros cadrados, na que se amontoaba unha cantidade de obxectos digna duns grandes almacéns.

Na parede da dereita expúñase, en perfecta orde, todo tipo de materiais téxtiles: bragas e calzóns, calcetíns, batas e camisóns, camisetas, suxeitadores... e material auxiliar: cremalleiras, botóns, fío, agullas, dedais...

Na parede da fronte, furada por un marco sen porta que debía levar á rebotica, comestíbeis de longa caducidade: latas de todo tipo, aceites e vinagres, queixos frescos, curados e balorentos, sal, azucre, café solúbel e en gran, chourizos afumados pendurando en restras, touciño salgado, orellas, cachuchas, xamón...

Na parede da esquerda, algunhas ferramentas de labrego, recambios de tractor e, amoreados no chan, sacos de vinte e cinco quilos de penso para cans.

Nas paredes laterais, á dereita e á esquerda da porta da entrada, de costas ao visitante, aliñábanse potas, tixolas, cafeteiras e pequenos electrodomésticos.

Ao ouvir a campaíña, saíron dúas anciás da rebotica cara ao mostrador de madeira gastada que ocupaba toda a amplitude do local, cun extremo practicábel para poder pasar dun lado ao outro da raia cando fose preciso. Se non eran xemelgas, semellábano. En todo caso, non había dúbida de que eran irmás. As súas miradas curiosas, afundidas pola idade nas concas dos ollos, tras recoñecer ao Carlos, repasaron o meu aspecto de enriba a embaixo sen esquecer un detalle.

—Bo día, Carlos —saudou a que semellaba máis nova das dúas.

—Bo día, Elena, Ovidia… —respondeu o Carlos cun lixeiro aceno da testa a cada unha delas.

—E que che trae por aquí? Xa sacaches o carné de conducir? —preguntou a máis vella sen deixar de ollar para min con curiosidade.

—O carné para que o quero? O caso é saber conducir. Trouxen este señor francés. Non sei se busca algún parente…

—Boa tarde. Perdoen a molestia. Chámome César e busco a casa do meu pai, Dimas Pérez Diéguez.

Un abraio xenuíno invadiu os rostros das dúas irmás. Ao unísono levaron ambas as mans ás meixelas e, ao unísono tamén, abriron a boca coma se buscasen a bocalada de ar dun peixe fóra da auga.

—Deus! Xa dicía eu que me eras moi parecido! —dixo a máis vella—. Es igualiño, igualiño, ao teu pai!

—O fillo do Dimas —coreou a outra irmá—. O fillo do Dimas!

—E como está el?

—Morreu hai un ano, en París.

—Ai, pobriño! Coa vida que levou... Pero non vivía na Arxentina?

—Marchamos cando eu era moi neno.

—Hai moito que deixamos de ter novas del... Ao principio, hai moitos anos, aínda escribía cartas, sobre todo á Delia, aínda que non creo que a pobre as chegase a ler... con aquel mal bicho do Lamela espreitando nela...

—Puido escribir a outras persoas?

—Non sei se os curmáns chegaron a recibir algunha carta... A María segue vivindo aquí. Aínda que está algo delicada de saúde, pódela ir ver. O Carlos sabe da súa casa. Ao que non lle sacarás nada é ao Xaquín. Varréuselle o sentido, meu pobre...

—Moitísimas grazas. Iremos visitar a miña prima María entón...

—Pero non vos vaiades así, ho. Tomaredes unha cervexiña antes, non? Un viño?

—Agradézollo moito, pero non quixera que se faga moi tarde. Aínda non busquei un hostal onde pasar a noite.

—Por iso non se preocupe —interveu Carlos—. Só hai dúas pensións en Taboadela dos Viños... e estarán baleiras. Ademais, aquí no verán non escurece até as once da noite...

—Aínda así, querería retirarme cedo —repliquei—. Polo menos hoxe. Teremos ocasión de volver aquí máis veces. Seguro.

E volvendo a ollada cara ás dúas irmás rematei a conversa.

—Tómolles a palabra para esa cervexa.

Dando as grazas, saímos ao caloroso serán de xullo dispostos a visitar á María.

5. María

A aldea de Freimondi consta de tres barrios ben delimitados. Collemos o camiño recto cara ao núcleo máis próximo, pasando a carón da fonte e da súa promesa incumprida de fresco líquido esvarando polo corpo.

—Esa fonte estaba en Mourelos. Reconstruírona pedra a pedra como recordo da aldea asolagada. Aquí só estaba o cano botando auga, sen máis nada. Se se fixa, nalgunha pedra aínda poderá ver o número que lle puxeron para saber en que orde volvela colocar.

Dobreime de todo para botar un longo grolo daquel fresco líquido.

—Teña coidado co cambio de augas —advertiume Carlos—. Despois vai ter concerto.

—Bah! Perda coidado... Só é auga...

A rúa de terra, sen asfaltar, estreitábase ante a fachada dunha casa grande en estado de ruína. En tempos debeu de ser a máis rica da aldea. Ao contrario das outras, esta semellaba ter a corte separada da vivenda e, polo seu tamaño, disporía dun patio central. En fronte dela, ao outro lado da rúa, unha eira na que destacaba un emparrado polo que gateaba, rexa e leñosa, unha planta rubideira, con follas alternas e tormentosas dun verde intenso, case que redondas, de marcados nervios. Da parte superior colgaban algúns froitos que non identifiquei na distancia.

—Eses son kiwiños —dixo Carlos lendo, unha vez máis, o meu pensamento—. Unha variedade do kiwi que, por agora, se dá só en Galiza. Máis pequeno e sen pelo. O kiwi tróuxose de Nova Zelandia nos anos 70 do século pasado como cultivo experimental, aínda que en realidade a súa orixe está na China. Supoño que por iso leva o apelido *chinensis* —riu—.Prendeu tan ben por aquí que a xente das aldeas foi cambiando as parras de uva polas de kiwi porque teñen a folla máis grande e dan máis sombra. Ah! E ten máis vitamina C ca as laranxas!

—De onde saca tanta información, Carlos?

—Leo moito. Sobre todo, o *Selecciones del Reader's Digest* e o *Muy Interesante*. Tamén Internet. Hai moita información aí... Non fun bo estudante, pero, por libre, a ler non me gaña ninguén.

Saquei un cigarro do paquete, dei tres golpes co filtro contra este, vireino 360 graos cos dedos antes de levalo aos beizos e prendinlle lume. Continuamos avanzando entre as casas, algunhas remodeladas había pouco. O camiño describiu unha lixeira pendente descendente. Ao final víase unha figueira inmensa no medio dun patio e, á esquerda, unha casa, de granito coma todas, oculta, case de todo, pola hedra.

Apenas entraramos no patio e o Carlos xa estaba berrando o nome de María.

—Señora María! Señora María!

Tras repetir algunhas veces a mesma frase, apareceu, por unha diminuta porta, o miúdo corpo dunha muller vestida de negro absoluto. Os cabelos, de cor branca pura, destacaban sobre a escuridade do seu indumento. Uns ollos dun azul case que transparente loitaban por sobresaír dun circo de engurras requeimadas polo sol.

—Quen é?

—Adiviñe quen vén comigo!

—E logo?

—O fillo do Dimas.

—De que Dimas?

—Do seu curmán Dimas.

—Ai, virxe santísima!

María persignouse tres veces seguidas. Miroume de arriba abaixo outras tantas e acabou por se fundir comigo nunha calorosa aperta. Despois, como se sentise vergoña, afastouse de súpeto, deu media volta e, respirando con dificultade, entrou pola diminuta porta pola que saíra e fixo un aceno coa man invitándonos a pasar.

—*Pasai, pasai,* e merendaremos algo...

Tivemos que nos agachar abondo para franquear a porta. Eu tiven que dobregar algo máis o meu metro oitenta de estatura que Carlos o seu escaso metro setenta.

Ao pasar o limiar, demos cunha inesperada ampla sala, dominada no centro por unha gran cociña económica con mesado de mármore, rodeada de bancos de madeira polo lado contrario ás portas de ferro por onde se metía a leña e que exercía as funcións de cociña e mesa de comedor á vez. Á dereita, unha gran lousa de granito, coroada por unha cheminea en desuso, negra de feluxe, aínda mantiña a gramalleira no centro da que penduraran, en tempos, os potes para cocer o caldo.

Tomamos asento, por indicación da María, no banco de madeira tras da cociña económica. Aínda non pousaramos os brazos no mármore e xa estaba cheo de pratos con chourizos, xamón, queixo, lacón, touciño e un anaco de torta de améndoa. Unha botella de viño violáceo, sen marca, reinaba no centro das viandas, xunto a unha fogaza de pan apenas encetada, mestura de trigo e centeo, que alimentaba a vista e o olfacto. Senllos vasos de cristal plantáronse, sen nos decatar, á fronte de nós.

—E dime, como está o Dimas? Non veu contigo? Tes que me contar moitas cousas...

—Morreu hai un ano, aínda que non teño gran cousa que contar. Eu era moi cativo cando fomos vivir a París, apenas lembro case nada de Bos Aires e o meu pai non contaba nada da súa vida. Cando marchamos da Arxentina volveuse sombrío e túzaro. Aínda que ao morrer deixoume unha carta na que había máis tenrura ca en toda unha vida xuntos. Se vin aquí é para saber máis cousas del, do seu pasado, que tamén é o meu. Vin coa intención de que a xente que conviviu con el me conte como era o Dimas que eu nunca cheguei a coñecer.

—O teu pai era un bo home —dixo a María coa voz crebada e os ollos húmidos—. Un pouco impulsivo, pero iso non ten por que ser mala cousa. Sempre estaba rindo, contando chistes, de brincadeira..., pero a vida, ás veces, devólveche as bromas inocentes en forma de chistes macabros. Hai quen as toma coma unha afronta e, cando cambian os ventos, aproveita para que os seus esgarros voen para á túa cara.

»Algúns diranche que o teu pai foi un delincuente. A verdade é que non lle quedou máis remedio que facer o que fixo. Coma a case todos. Axudouno quen o apreciaba. Intentaron matalo os que o odiaban. O resto... miraba cara a outro lado. Pola parte que eu sei, comigo portouse demasiado ben. Esta cociña fíxoa chegar e instalar o teu pai. E mandou construír o cuarto de baño do andar de enriba. As casas de aquí non o tiñan: para as necesidades había que ir á corte e lavarse por provincias cos pés metidos nun caldeiro. A miña foi a primeira casa do lugar en ter un cuarto de baño coma os do cine. Iso é o que sei. Da parte que eu non sei, poderíache contar historias que se ouvían por aí, pero máis da metade eran rexoubas.

—Pois eu viña coa esperanza de que aínda houbese alguén que vivise aqueles tempos.

—Cando o Dimas marchou para o monte, eu tería oito ou nove anos, como moito, e algunhas cousas non se falaban en presenza de rapaces.

—Para o monte? Foi pastor?

—Non ho! Botouse ao monte. Chamábanlles os fuxidos e o teu pai foi un deles...

—E por que tivo que fuxir?

—Pola denteira e mais a cobiza. Verás, o teu pai e mais eu somos curmáns, pero fomos coma irmáns. Hai moitos irmáns por aí que non se levan tan ben como nos levabamos nós. Coa Delia, o Xaquín, o Turi e mais o Adriano, formabamos un grupo que era a envexa de todo o mundo. E, claro, as envexas xa sabes como son...

—A envexa é o deporte nacional —sentenciou Carlos.

—O teu avó e mais a túa avoa embarcaron para Cuba cando o Dimas tiña sete anos. Eu non nacera aínda. Deixárono connosco, ao coidado de meus pais, e xuntos medramos. Non tiñamos máis nada que a risa. Esa si que non faltaba... O papá e a mamá apañábanse como podían para darlles de comer a catro fillos, pois como un fillo máis trataron ao Dimas e el nunca lle chamou a ninguén papá e mamá máis que aos seus tíos.

»Despois morreu a túa avoa. Na Habana está enterrada. Con vinte e oito anos levouna a tuberculose. Hai quen di que a levou a cativeza e a mesquindade do teu avó, pero iso só *diolo* sabe. O caso é que, ao enviuvar, volveu de Cuba..., pero non quixo saber nada do Dimas.

—Pero volveu —intervín.

—Volver, volveu. Pero non quixo saber do fillo até que casou de segundas e tivo quen lle lavase os calzóns. A Marceliña era moi boa e non puxo reparos a nada. Montaron unha pensión en Taboadela, nun local que era dela, e reclamaron o rapaz. Pero o Dimas non estaba a gusto, o pai non o trataba como a un fillo e, aínda que a Marceliña o intentaba, non deixaba de ser unha descoñecida.

»Eran frecuentes as escapadas do Dimas, camiñando, á casa da avoa materna, en Mourelos. Ao principio, se atopaba algún paisano polo camiño, levábano de volta á pensión pensando que se perdera. Entón comezou a escapar polos bosques e chegounos a coñecer moi ben. Sabía de camiños e escondedoiros que todo o mundo ignoraba. Pero como era un cativo, a avoa estaba máis por coñecer homes que por outras cousas e a lei amparaba o pai, sempre o facían volver dunha forma ou doutra, aínda que fose coa Garda Civil.

—Entón, medrou na casa do pai? —preguntei.

—Si e non. Unha noite o Dimas chegou á pensión da media nai algo tarde para a cea. Viña de traballar no agro. O teu avó e a súa muller xa estaban sentados á mesa e, xusto ao entrar, viu como o pai lle berraba á Marceliña que a sopa estaba fría mentres lle tiraba o prato, cheo, á cara. O prato non lle deu por pouco, pero a sopa mollou a roupa toda da Marceliña.

»Mentres ela se agachaba, en silencio, a recoller os anacos de cerámica espallados polo chan de madeira, o Dimas encarouse co pai e díxolle: «Vostede nunca soubo, nin saberá, ser pai nin marido». Deu media volta e correu cara a Mourelos polos bosques, ás escuras, para non volver nunca máis xunta o seu pai. Pediulle á súa avoa materna que tramitase a adopción legal. Ao cabo, era o destinatario da herdanza da nai enterrada na Habana e á avoa faltáballe a forza dun home, pero outro tipo de forza, non sabes?, a forza dun home que non quixese pasar o día na cama con ela. Despois tivo dous medio irmáns, fillos da Marceliña. Visitábaos ás escondidas, pero non quixo volver ver o teu avó.

—Non sabía nada desa historia. O pai nunca me contou nada... Só lembro que chorou con amargura o día que recibiu unha carta coa noticia da morte do avó. Nunca antes o vira chorar desa forma.

—Seguro que para el son recordos dolorosos. A ninguén lle gusta quedar sen pai aínda que sexa máis teso ca o pau dunha martabela. Historias coma esa, de pais que ían para Cuba deixando fillos por aquí, houbo centos. O teu tivo a sorte de que o papá e a mamá lle deron tanto agarimo como nos deron aos fillos de sangue.

—E a Delia? Na carta deixoume dito que tiña que coñecer a unha tal Delia... que tiña moitas cousas que me contar...

—A Delia morreu, pobriña, hai moitos anos. Casou, non por gusto, co Manolito Lamela e tivo unha vida e unha morte desgraciadas. Din que escribía un diario, que valía para escritora. Non sei de ninguén que chegase a ver unha folla sequera.

—E o Xaquín? Seica perdeu a cabeza... —medio preguntei, medio afirmei.

—Eu non estou tan segura. Creo que puxo unha carauta porque non confía na xente. El tamén pasou as súas e ninguén moveu un dedo por axudalo. Os únicos que podían facer algo, estábano pasando igual de mal. Cando volveu de Rusia, pechouse no seu mundo facendo o tolo para non ter que darlle explicacións a ninguén.

—Vostede cre, entón, que falaría comigo?

—Segundo o día. Segundo o vento. Que podería falar..., podería. Se vai querer, nin el o sabe. Ás veces atopámonos e nin me saúda. Outras, en troques, ponse a falar das súas toleadas e non para...

—E o diario da Delia?

—Como che dixen, ninguén o viu. Se existe, supoño que o

conservará o seu viúvo, don Manuel Lamela. Dono da metade do que vexas. Todo roubado ás pobres xentes, ignorantes coma min, polo seu pai, tamén chamado don Manuel Lamela, e polo cura, que Deus o perdoe —dixo persignándose—, don Domingo, aproveitando o poder que lles daba o río revolto da posguerra. E non roubaron máis porque había xente como o Dimas e outros que plantaron cara e lles puxeron as cousas difíciles. Se queres o diario, terás que buscar ao Lamela e preguntarlle. Iso, se non o queimou, como din que facía coas cartas que mandaba o teu pai...

—Sabe onde vive ese don Manuel?

—Eu non o sei. Pero poderacho dicir calquera dos que teñen que lle pagar os décimos. No banco, en Taboadela, tamén o saben pero non cho han querer dicir. Pode que o cura... Por aquí só pasa os domingos ás doce, dá a misa, quince minutos escasos, e marcha para outra das catorce ou quince parroquias que ten ao seu cargo.

—E os irmáns do meu pai?

—O teu tío e a túa tía viven en Ponteminea coas súas familias. Cada un coa súa. Pero o que poderán lembrar do Dimas serán, só, as visitas que lles facía ás agachadas. Eran moi cativos e, se saben algo máis, é, coma case todo o mundo, por rumores...

A María, sentada en fronte de nós, ollábame coa cara daquela nena que tiña oito ou nove anos cando o meu pai escapaba ao monte. Sorría con amor, vendo en min ao Dimas que xamais esquecera, mentres movía a cabeza en sentido afirmativo.

—O fillo do Dimas... Ai! O fillo do Dimas!

E nun intre, coma se lle dese vergoña ou non a considerase unha actitude apropiada, ergueu a voz para nos dar unha orde.

—Pero... comede, ho! Non iredes deixar todo iso aí...

***

Malia a calor que fixera durante todo o día, as dúas mantas que cubrían a cama da Pensión Santa Lucía agradecíanse unha vez caída a noite. Subín ao cuarto sen cear. A merenda da María superaba as cantidades ás que estaba afeito e, ao mesmo tempo, en París esa merenda sería unha cea á súa hora. Escribín na tableta os datos relevantes do día, sincroniceinos coa conta cifrada na nube e deiteime.

Mentres ía entrando en estado de entresoño, neboento polo fume do último cigarro do día, repasaba os posíbeis obxectivos para entrevistar ao día seguinte. Por estar máis perto, podía volver a Freimondi e tentar falar co tolo do Xaquín. Podíalle preguntar ao Carlos a que distancia quedaba Montoxo e visitar ao Caracho. Xa máis lonxe, podía ir a Ponteminea e falar cos meus tíos, ou decidirme por buscar o enderezo e tentar unha entrevista con don Manuel Lamela.

En todo caso, para un só día, non estivera mal saír de París pola mañá, facer o cambio en Barajas cara a Compostela, tomar o autobús deica Lugo e outro coche de liña máis até Taboadela dos Viños, visitar Freimondi no serán, coñecer á María e conseguir catro posíbeis persoas a entrevistar.

E, sobre todo, contáranme unha parte da historia do meu pai que descoñecía. Unha historia asolagada, quizais para sempre, no fondo dun encoro. O pobre vello. Co que chegara a odialo. E agora, o primeiro día en que pousaba os pés nesa terra, xa era consciente de que a súa vida fora algo moi diferente ao declive persoal que lle coñecín en París.

Preguei con dúas dobras a carta que me entregara, coa

forma dunha ra de papel, pouco antes de morrer. Deixeina sobre a mesa de noite e esmaguei con rabia a cabicha contra o cinceiro até que non quedou ningún rescaldo. Levaba moitas noites sen me preguntar por aquel capricho de me dar a carta en forma de ra. Dei media volta sobre min mesmo e durmín coma cando era neno.

6. Dimas

Queridísimo fillo:

Cando leas esta carta eu estarei descansando por fin. Perdoa as miñas faltas en galego, pero, aínda que sempre cho falei para que quedase en ti algo das túas raíces, ninguén me aprendeu a escribilo.

Sei que os anos que pasamos en París non fun un bo pai para ti. Espero que o tempo che dea os azos para chegar a perdoarme e que esta carta che axude a entender a miña obsesión por coidarte e protexerte, a cambio da túa liberdade, esa na que sempre crin, pola que loitei, pero na que chegado un momento falloume a fe. Esa mesma liberdade que nunca atopei e que, agora, con oitenta e seis anos, cando a vida escapa polos bronquios, creo saber que non existe máis que nun mesmo, na actitude e na forma en que un afronta a vida.

Fuxín de Galiza. Fuxín de Francia. Fuxín da Arxentina. Pero non fuxín de lugares. Fuxín de persoas que me obrigaron, ou iso pensei entón, a deixar abandonadas outras persoas. Outras persoas que quixen e que me quixeron. Persoas que decepcionei, ás que lles neguei o amparo. Fun un coello correndo mentres pensaba ser un heroe.

Fuxindo e fuxindo cheguei a Bos Aires, a finais de xullo de 1949, tras dun mes de travesía en barco desde Rennes, en clase «turista». Esta consistía nun coxín no chan da bodega para colocar o traseiro e, fronte a cada un de nós, unha cadea pendurando do teito, rematada cun balde onde botar o vómito se nos mareabamos. Un balde que non era moi distinto da escudela onde nos servían a sopa de cascudas. Case todos eramos galegos, algúns asturianos e un par de vascos. Todos fuxidos a Francia cando nos quedou claro, rematada a Guerra Mundial, que ningún país ía mover un dedo por nos devolver á nosa imperfecta pero entrañábel República.

Cheguei deshidratado, pero cheguei. Non todos puideron dicir o mesmo. Coas catro cadelas que me facilitou o partido para comezar unha vida en París, instaleime nunha pensión de mala morte rexentada por un galego de Sarria. O tipo máis avarento e miserábel que nunca coñecín. Estiven traballando aquí e alí, en calquera cousa que saía e continuei ceando, como no barco, caldo de nada cada noite.

Tras dalgúns traballos temporais e unha sombra que apareceu para me lembrar que, por moito que un escape, o pasado písache o rabo alí onde vaias, entrei de mozo e dependente nun *boliche* do barrio de Palermo, un barrio *cheto* ao norte da cidade. O meu bo humor, aínda que che pareza mentira, e a miña forma de traballar gañaron o aprecio de aquela familia de Castellón. O dono, César Augusto Acosta, casara, algo maior, cunha muller nova que non superou o parto da súa única filla. O corazón dese home apenas bombeaba ao ritmo canso dun vello motor diésel e precisaba da forza da mocidade. A filla, Herminia, de dezasete anos pero acostumada a facer de muller da casa desde nena, namorouse axiña de min, a pesar de ser oito anos maior ca ela.

Ao principio non lle fixen caso. Desde que cheguei a Bos Aires escribíalle ao meu gran amor, a miña querida Delia, a diario. Escribinlle durante algúns meses coa intención de reclamala, de que abandonase todo, de que saltase o océano que nos separaba para iniciar unha nova vida xuntos. Pero non obtiven resposta. Despois pasei a escribir unha vez por semana e pouco a pouco foise esgotando a tinta da miña paixón.

O silencio, a distancia e a insistencia chispeante da Herminia leváronme á rendición. Ao cumprir ela os dezaoito, casamos coa bendición de don César e recibimos en traspaso o *boliche* da avenida Libertador como regalo de voda.

O negocio non nos ía nada mal e pódoche dicir que nesa época, malia os contrastes de humor e de saúde da Herminia, durante algún tempo fun feliz. Mellor dito: case feliz; pero de xeito inmenso (esta frase non é miña, son incapaz de escribir unha cousa así. A Delia seguro que o faría mellor).

En 1954 naceu o teu irmán Daniel, nome que escollín en honor a Castelao, morto catro anos antes. Cedendo aos desexos da túa nai, matriculámolo na escola Bayard. Alí captárono para a Unión de Scouts Católicos Argentinos, onde o padre Meinvielle lles lavaba os cerebros aos cativos. O día que o teu irmán apareceu coa testa rapada e un brazalete adornado coa cruz de Malta, foi cando nos decatamos de que algo non ía ben. Máis tarde soubemos o que era o movemento Tacuara.

Cando naciches ti, en 1967, eu estaba aterrado co rumbo político do Daniel, que aos trece anos xa se enfrontaba comigo e coas cinzas dos meus ideais. Había poucos meses que morrera o avó e non puiden negarme á elección que fixo a túa nai para che poñer nome. César. César Pérez Acosta.

Intentando non repetir os erros que pensaba que cometera co teu irmán, contigo comecei a exercer de pai desde moi cedo, volvéndome, quizais, abafante de máis. Tamén a túa nai, con máis tempo libre, se entregou á vosa educación con máis empeño. Até daquela, recoñezo que o traballo no comercio e o delicado motor de César Augusto nos absorberan máis do desexábel.

En 1969 o Daniel participou, con outros tacuaras, no asalto ao negocio dunha familia xudía na zona de Once, no barrio da Balvanera. Queríanlles cobrar o imposto revolucionario. A policía apresouno mentres pintaba na parede unha esvástica e a frase «Degüelle un comunista por día». Foi a súa primeira vez nunha sucursal da *casa de Andrés*. Até entón só participara en pelexas contra outros estudantes, case sempre rapaces xudeus da escola da Asociación Israelita Sefardí Argentina.

Aí comezaron as discusións que ti, malia facerte chorar, non lembrarás. A túa nai comigo, o teu irmán comigo, o teu irmán coa túa nai… Até que o movemento comezou a desaparecer e o Daniel se sentiu abandonado e traizoado. Un movemento que se mantivera unido mentres coincidía no que rexeitaba, pero que nunca tivo unha idea clara do que buscaba.

A maioría dos tacuaras recolocáronse axiña nos grupos terroristas parapoliciais ou pasaron a colaboraren co servizo de intelixencia, aínda que algúns, como proba da empanada mental que se cocía no movemento, se fixeron comunistas, anarcosindicalistas ou peronistas. Daniel era demasiado novo para eses traballos e durante uns anos continuou os seus estudos, sen pertencer a organización ningunha. Estaba case sempre de mal humor. E non insistín en furgar na ferida porque comprendín que o que lle pasaba era que estaba desorientado.

En 1972, a través da Juventud Universitaria Peronista, Daniel uniuse ao movemento montonero pola volta ao poder de Perón. Ti tiñas cinco anos. Eu fuxira dunha ditadura militar en España para caer noutras na Arxentina. Golpe de Estado tras golpe de Estado. En 1955, en 1962, en 1966… Daniel, por riba de todas as cousas, era fillo meu e o tempo transcorrido foi relaxando a miña teima ideolóxica, no trato con el e comigo mesmo. Se el cría en Perón e era para derrocar unha ditadura, eu apoiábao ás cegas. E, no fondo, vía no teu irmán o que fora a miña vida non había tantos anos. Ao cabo, os que abrazamos unha ideoloxía nunca somos os ideólogos. Aceptamos como dogma de fe catro ou cinco slogans extraídos de libros que alguén escribiu e que ninguén leu enteiros: liberdade, igualdade, fraternidade, socialismo, anarquía, democracia… Todos significan o todo e o nada. Para cada persoa son un devezo distinto, máis parecido ao dos demais canto máis abstracto é.

O 20 de xuño de 1973 esperábase a volta de Perón tras dezaoito anos de exilio. O seu avión tiña que aterrar no aeroporto internacional de Ezeiza. A propaganda conseguiu xuntar perto de dous milóns de persoas nesa localidade para recibir o líder. Familias enteiras, de avós a netos, quixeron participar da festa. Cara alí foron, tamén, os montoneros e outros grupos armados. E alí foi o Daniel. Levaba unha *astrona* no peto, que sacara do máis fondo do meu armario, coas siglas R.E.[2] estampadas nas cachas.

Durante todo o día houbo un cruce de disparos entre os grupos paramilitares, aqueles que, en teoría, tiñan que se encargar da seguridade das familias concorrentes e os militantes montoneros.

Alí quedaron tendidos os dezanove anos do teu irmán Daniel, un corpo inerte, xunto a unha ducia máis, protagonista involuntario do masacre de Ezeiza. A bala que o atravesou saíu, dixeron, do revólver dun vello compañeiro tacuara. Nunca se investigou a matanza e na prensa deixouse de falar pronto dela. Nin sequera a policía preguntou pola orixe da pistola cando veu á casa para nos dar a terríbel noticia. E entre a túa nai e mais eu quedou un baleiro dos que doen con tanta intensidade que non o soubemos encher.

Dez meses despois, o 13 de abril de 1974, o día do teu sétimo aniversario, rendeuse o corazón da túa nai. Dixeron que tiña, igual que o señor César, «Cardiopatía isquémica crónica». Un longo nome para dicir que o seu corazón non puido superar a morte de Daniel nin o feito de non dar evitado, cada vez que miraba para min, un amargo reproche silencioso sobre a autoría moral do disparo.

Tres meses máis tarde, cando acabaches o curso escolar, vendín o negocio e mais a casa e marchamos a París, onde abrín o bar-salón Le Billard, con vivenda no piso superior. Durante os primeiros anos en terras francesas, cando che preguntaba que lembrabas de Bos Aires, dicíasme que só o vello e astroso carro que utilizaban os botelleiros. Agora pode que non o lembres, pero sempre saías saudar ao que pasaba todos os días pola rúa berrando:

---

[2] As pistolas Astra 400 de 9mm fabricábanse en Valencia e en Barcelona. As fabricadas en Valencia levaban as siglas R.E., de «República Española», mentres que as fabricadas en Barcelona levaban o nome de «Ascaso» nas cachas (Nota de César Acosta).

—*Booteeyero... Botellas... Diarios viejosssssss, fierro viejoooo... Boteyeroooo.*

E ás veces, cando te bañabas, repetías o mesmo e co mesmo ton de voz. Outras veces cantabas con revella voz infantil aquel tango chamado Cambalache. Dábache moita risa a palabra «gil».

O resto das nosas vidas xuntos xa o coñeces. Estou orgulloso de ti. Non o estou de min, nin da época que me tocou vivir nin das decisións que tomei. Medraches ben, a pesar da miña protección. Eu quería ser músico e atopeime desexando a morte de persoas. E persoas desexando a miña morte. Por iso me esforcei en que ti estiveses máis perto da música ca da violencia. Non conseguín que amosases interese por instrumento ningún. Seguiches o teu propio camiño cos ordenadores. Pero es unha boa persoa. E alégrome moitísimo.

Todo o que pasou antes do que che conto nesta carta, prefiro non o contar. Sei que os meus silencios son unha das cousas que máis te irrita de min. Deixeime abater, algo que ninguén debe deixar que ocorra mentres ten cativos ao seu cargo. Por fortuna, o tempo cubriu aqueles anos de po, facéndoos tan borrosos que son case invisíbeis. Se algún día tes gana de pasear por Mourelos, a terra en que nacín, busca á Delia. Quizais ela che conte o que eu non quero nin lembrar.

Seguro que a súa cálida ollada pasa pola peneira os aspectos máis escabrosos, caldea os máis fríos actos e envolve coa súa luz os días máis tenebrosos. Ela diríao así. Ía para escritora. Nunca souben do seu destino, pero espero que fose e sexa feliz.

Con todo o meu amor,
Dimas Pérez Diéguez

7. Socalcos

—Hoxe a capa de ozono está de vacacións —dixo Carlos con ledicia.

—Fai un sol de carallo —rosmei.

—Imos mellorando o galego, eh? —E botou unha risada—. Así que hoxe estamos *ben con efe*!

—Con efe? Non entendo.

—Ben! Pero con efe de fodidos… Ten cara de que algo non anda ben por aí dentro.

—Aaaah! Vaia! Isto lémbrame o tipo de humor do meu pai…, as escasas veces que o tiña…

—Onde iremos hoxe?

—Aínda non o sei. Escolla vostede. Freimondi de novo, Ponteminea, Montoxo ou Santiago.

—Ummm… A Montoxo mellor ir á hora de xantar. Hai unha polbeira espectacular. Ou no propio Restaurante Caracho do seu curmán cómese moi ben. Se quere, imos a Freimondi, pero para ver as viñas en socalcos sobre a ribeira do Mineu. Damos un paseo e a iso do mediodía imos cara a Montoxo, que está aquí perto.

—Feito! Apetéceme dar un paseo e tomar unha ración de paisaxe.

—Pois suba ao deportivo, que poño o turbo.

A afirmación do Carlos non era retórica. Pisou a fondo o

acelerador ante a ollada indiferente da parella da Garda Civil e gañando o odio silencioso dunha vella que apenas podía coa bolsa da compra.

—Como é que a Garda Civil no lle di nada se é certo que conduce sen carné?

—Aquí moita xente leva o tractor sen carné. Menores de idade incluso. Un taxi non é o mesmo, pero como nos coñecemos todos e a Garda Civil sabe de sobra como o levo, non hai maior problema. Ademais son fillo do alcalde e iso tamén axuda. Con manexar con coidado ao saír da vila... Se imos a Santiago, non crea vostede que irei a estas velocidades.

O camiño cara a Freimondi, que o día anterior gozara, fíxoseme moi curto desta vez. Pasamos por diante da tenda das dúas irmás e seguimos pola estrada un par de quilómetros máis. Carlos detívose a carón dun pequeno edificio, identificado como Club Náutico na porta, no que as subvencións da Unión Europea, sen dúbida, investiran bastantes cartos.

—Un día temos que vir comer aquí —dixo Carlos sinalando un balcón do Club Náutico con vistas ao río.

Baixamos por un carreiro moi ben coidado, empedrado con paciencia romana, até un pequeno peirao no que atracaba unha pneumática e dúas motos náuticas. No sentido da corrente distanciábase un pequeno catamarán cargado de turistas e cámaras fotográficas. Por megafonía un *speaker* explicaba a historia, inintelixíbel na distancia, das viñas, melena verde descendendo en socalcos superpostos para se desmaiar no río. Un bo momento e un bo lugar para botar un cigarro, darlle antes tres golpes, xiralo por completo e acendelo apurando a primeira calada.

—Cando chegaron os romanos, disque aquí xa había viñas. Alucinaron co microclima mediterráneo da ribeira e trouxeron variedades propias de uva. As mellores cepas están debaixo da auga. Seguro que o seu avó tiña algunhas, coma todos os de por aquí. Os que non emigraron e algúns dos que volveron xubilados están rehabilitando as adegas. Póñenlles grellas desas americanas regulábeis en altura, calefacción, auga corrente que sacan de pozos con bombas e un xerador diésel para ter luz e xuntarse con amigos ou familiares a merendar un churrasco, ou uns chourizos crioulos regados co viño da terra.

Observei con máis atención e puiden ver, entre o verdor das viñas, algunhas construcións medio soterradas na ladeira. Nos terreos máis abandonados, tamén as adegas ameazaban ruína. A tella plana de lousa dalgúns tellados tentaba manter unha arqueada dignidade da que o resto da construción carecía. Outras parcelas, en troques, combinaban un verdor fastoso cunhas adegas acabadas de lavar, peiteadas e maquilladas. A tella árabe sen parasitos vexetais era testemuña da súa xuventude.

—Alí no fondo, naquela curva do río, baixo a auga, está a ponte de Mourelos —continuou Carlos sinalando o lugar exacto—. E aquí, case baixo os nosos pés, a aldea que lle daba nome á ponte. Nos anos de seca, cando baixa a auga, pódese ver o campanario da igrexa e unha parte dos arcos da ponte. Din que este ano han cambiar unhas turbinas e secarán o encoro. Entón poderase ver todo o que quedou baixo da auga.

Tentei imaxinar unha sociedade humana vivindo alí embaixo, traballando unhas viñas somerxidas que antes foron fértiles, relacionándose entre si e coas vilas veciñas. Pero as imaxes que se reproducían na miña mente eran as de tribos amazónicas vivindo xunto ao río que vira en documentais por televisión.

Na viña máis próxima podíanse ver en detalle os froitos.

Uvas moi negras, con irisacións violáceas, moi pequenas, amontoábanse en cada acio protexéndose do húmido clima. De cando en vez, algún acio de uva branca, tamén miúda, pintaba de sarampelo a viña. E nalgunhas podíase ver un recuncho con dúas ou tres cepas dunha uva negra máis grande. Collín unha pequena para levala á boca, pero Carlos detívome.

—Quietoooo! Non ve que están sulfatadas? Iso azul que teñen as follas é sulfato de cobre. Quérese envelenar? Non lle abonda con beber auga das fontes?

»Esas pequechas, coma a que ten na man, son da variedade Mencía. A uva negra dominante desde aquí até o Bierzo. É de moi pouco grao, e por iso os viños de aquí, ao revés que as persoas, non son viños viaxeiros. As grandes son Garnacha. Algúns plántanas para mesturar e darlle cor e forza ao viño. As brancas adoitan ser Godello..., pero tamén as hai de Albariño. Unha uva que disque trouxeron os monxes cistercienses polo camiño de Santiago, desde Francia. Para a súa desgraza, o *mildeu* acabou con todas as cepas francesas, e Galiza e o norte de Portugal quedaron como expoñente mundial desa uva. Brota moi cedo, pero madura moi tarde. Case sempre hai que esperar a vendimala no outono, arriscándose a que as choivas arruínen a colleita.

Dunha das adegas próximas saía un fume case transparente. Un recendo forte aínda que aromático. Carlos, adiantándose coma sempre á pregunta, lanzou a resposta:

—Aí están destilando augardente. Os casteláns chámanlle *orujo*. Eses de aí aínda non destilan con gas. Aquí pasa un pouco como pasou en Escocia co whisky. A xente destila para a casa. Se acaso lles sobra algunha botella, regálanllela aos *americanos* da familia cando veñen de vacacións. E Facenda quérelles facer pagar o mesmo que se fosen uns Osborne ou uns Domecq.

—E aínda así arríscanse? —preguntei arrastrando os erres.

—Non adoita pasar nada. É un delito tolerado, supoño. Algún ano toca batida e o que destila con leña paga por todos. Os máis modernizados esconden a cheminea na montaña, sácana lonxe da adega e póñenlle difusores para que non se vexa o fume. Pero eses son os que llela venden aos bares e aos turistas.

—Como sacan a uva desas viñas? Aí non cabe un tractor.

—Antes baixábanas ao lombo até a auga e sacábanas en barca. Había moitas no Mineu. Algunhas, para pasar dun lado ao outro. Outras, para carretar a uva até un sitio chan onde puidese chegar un carro. Agora algúns ségueno facendo así, pero con motoras. Tamén hai veleiros, pero son para facer regatas. Outros puxeron funiculares para subir a uva cara arriba e cargala no tractor desde a mesma vagoneta.

—Funiculares?

—Pois... uns raís por onde sube unha vagoneta, parecido a como funciona un funicular ou un tren cremalleira.

O sol chegara ao cumio da súa particular escalada e comezaba a succionar parte do 75 % de auga de que se compón o corpo, segundo o Carlos. O que as persoas que non se chaman Carlos coñecen como suor. Eu, acostumado a xantar entre as doce e a unha do mediodía, comezaba a me pelexar coas queixas do meu fungón intestino.

—Que tal esa polbeira de Montoxo?

—Está bárbara! Pero case mellor imos por un churrasco ao Caracho e deixamos o polbo para un día con menos calor.

—Aínda non falamos do prezo que me vai cobrar.

—Non, aínda non o falamos...

—E ben?

—Boh, se vou andar con vostede todo o día para enriba e

para embaixo, cóbrolle o que lle custaría un coche de alugueiro sen chofer, e a gasolina que lle poría será a comida que comamos.

—Paréceme xusto.

Soou nese momento o inicio de *Pas assez de toi*, unha canción de Mano Negra. Mirei a foto que aparecía na pantalla do móbil e non dubidei en contestar. A conversación desenvolveuse en francés.

—*Allô?*

—Son Rolf LeNoir. Bo día, César! Que tal?

—Bo día, Rolf. Moi ben, pero... Vaia calor! Que contas?

—Fixen as buscas que me pediches. Partindo da lista de resistentes onde aparecía alguén que se chamaba igual que o teu pai, encontrei unha web, losdelasierra.info. É un dicionario de guerrilleiros antifranquistas coa vida e milagres dos maquis e outros resistentes. Hai un autor, R. D., que fala dalgúns desa zona... E sabes que?

—Que teño que saber?

—Atopei información sobre un tal Dimas Pérez Diéguez, o Billares...

—Polo alcume poderíase tratar do meu pai.

—As datas coinciden!

—Continúa, por favor...

—Até 1947 participou no Exército Guerrilleiro de Liberación Nacional. Desde que o Partido Comunista lle retirou o apoio, en 1948, montou un grupo autónomo xunto a Aviador, Álvaro Antón, Trosky e outros, cuxa zona de acción era a provincia de Lugo. A Antón matárono en 1948 e Trosky foi capturado en 1949. O Billares, xunto con outro supervivente do grupo, o Santeiro, que era cenetista, logrou chegar a Francia ese mesmo ano.

—É todo?

—É todo por agora.

—Moitas grazas, Rolf. Es un amigo!

Anotei os datos recibidos na aplicación de notas do móbil, gardei este no peto e, mirando a Carlos con certo brillo nos ollos, dixen nun ton moi ledo:

—Imos por ese churrasco.

—Boas novas?

—Un amigo de París. O meu socio e amigo. Temos a empresa a medias. O seu hobby é estudar historias de persoas humanas obrigadas a fuxir das súas terras por guerras, xenocidios ou golpes de Estado. Un día, hai moito tempo, amosoume por casualidade unha lista con nomes de fuxidos do franquismo e entre eles había un co mesmo nome e apelidos do meu pai. Está interesado nestes temas porque el mesmo tivo que fuxir de Ruanda durante o masacre de tutsis por parte dos hutus en 1994. Sóalle?

—Algo oín, pero daquela tiña dezaseis anos e non estaba por eses temas. Interesábanme máis as saias...

—Aínda que fose hoxe mesmo, tampouco se decataría demasiado. Os media sérvennos a información como os menús dun restaurante. Pasamos de Bosnia a Somalia e a Kosovo, a Iraq e Afganistán, case coma quen pasa dos entrantes ao peixe ou á carne. E, como acontece tamén cos menús, o prato consumido onte xa non será interesante mañá: pediremos outro distinto. Se a un programa «de debate» se lle chama *59 segundos*, xa está todo dito. Non sei como se tratou aquí esa información, aínda que podería imaxinalo, pero en Francia, debido á cantidade de intereses económicos en Ruanda, pasouse no bico dos pés sobre unha matanza de, polo menos, medio millón de persoas.

—E como foi?

—Os hutus eran agricultores e os tutsis pastores e gandeiros. Sóalle o de Caín e Abel? Convivían en paz, no que hoxe é Ruanda, desde o século VIII. Oitocentos anos despois, os tutsis, minoritarios en número, mataron os príncipes hutus e lles cortaron *les couilles*... Como se di? —preguntei poñendo as mans coma se sostivese unha pelota de goma en cada unha delas e movéndoas de arriba abaixo á vez.

—Os collóns?

—Cortáronlles os collóns, secáronos e colgáronos dos seus tambores para recordarlle á poboación hutu aquela humillación. Así, os tutsis convertéronse na casta feudal dominante e foron acumulando riqueza até a colonización belga. Os tutsis convertéranse en terratenentes gandeiros e os labregos hutus debían cumprir con dúas leis fundamentais: entregarlle a metade da colleita ao rei e traballar dous días á semana, gratis, para o xefe tutsi.

—Ou sexa, que lles incharon os collóns, colgados dos tambores, despois de aguantar séculos de pobreza.

—Eu non o diría mellor. Cando se proclamou a república, en 1959, marcharon do país uns cento cincuenta mil xefes tutsis. Como pasa en todas as revolucións, os primeiros anos, mentres non chegou a corrupción, foron esperanzadores: os labregos accedían á educación e o país progresaba a pesar de que non ten petróleo, nin diamantes, nin minas de cobre..., só café. Pero despois comezaron os golpes de Estado e as matanzas alternativas. Hai quen di que morreu, en total, un millón de persoas.

»Nesas, o meu amigo, que era fillo de pai tutsi e nai hutu, despois de ver como os degolaban, conseguiu fuxir a Uganda e de aí a Bélxica e a Francia, onde solicitou asilo político. Os masacres baseáronse no racismo, instigado a través das ondas de radio, mais se che poñen a unha persoa tutsi e a unha hutu diante, non es capaz de saber quen é que. Non hai trazos raciais distintivos, nin lingüísticos, nin culturais.

—A diferencia é de pobres e ricos...

—Certo, como adoita ser sempre...

—Sabe? O que me acaba de contar fíxome pensar que non é boa idea ir dicindo que vostede é fillo do Dimas. Creo que é mellor facerse pasar por un historiador francés interesado na posguerra española, un escritor, un xornalista ou algo así. Se encontramos alguén implicado dalgún xeito, que son os que contan as historias con máis miga, é máis doado que lle largue a un descoñecido que a un fillo. Sobre todo, se o invita a uns grolos...

—Nunca deixa de sorprenderme, Carlos. É unha idea caralluda. Dise así? Aínda que non sei se darei o tipo como historiador... O meu é a informática.

—Polo que me acaba de contar, xuraría que o seu é a historia. Por certo, como se solucionou o asunto de Ruanda?

—Non se solucionou. Aínda colea. Catro séculos de dominación e de humillacións non se saldan así como así.

8. Heliodoro

O restaurante Caracho estaba situado fronte a un xardín de céspede da cor dos ollos de Valérie, arredor do cal aparcaban os coches: un da policía municipal e dous turismos máis. Algunhas lousas grandes de granito, chantadas en vertical e dispersas polo céspede, o adornaban. Á esquerda da porta de entrada ao restaurante, un forno antigo de pedra, grande, ben conservado, informaba o visitante da orixe do edificio, de dúas plantas, como casa de labranza de relativa riqueza. Quizais tamén forno de pan.

Un amplo comedor remataba cunha barra, ao fondo, que case ocupaba a totalidade do local en sentido horizontal. Á esquerda, varias mesas. Nunha delas, comía unha ensalada con atún e ovo duro, sentado fronte ao televisor, un policía municipal de uniforme. Na outra, de costas ao televisor e á porta, lendo un diario deportivo, un ancián de cara chupada, con barba branca de varios días, sorbía devagar un caldo de ósos. Reparei en que collía a culler dunha forma curiosa e iso levoume a observar que estaba privado da maior parte do dedo índice da man dereita.

Do outro lado da porta de entrada, había unha especie de reservado, separado por un valo construído con estreitas columnas de madeira clara dun metro de alto, cunha abertura no centro, sobre un par de chanzos, pola que se accedía ás mesas. Acoutado nos seus laterais por senllas paredes, unha gran fiestra no centro encargábase de proporcionarlle luz. Unha parella moza, no recanto máis próximo ao que poderiamos chamar porta, liquidaba unha gran bandexa de embutidos variados mentres mantiña unha charla animada. O resto estaba ocupado por unha mesa, con espazo para unhas oito ou nove persoas, que se encontraba baleira nese momento.

Tras da barra, unha riseira e xuvenil Isabel, de cabelos de branca porcelana, pasáballes un trapo ás cuncas de café acabadas de saír da lavalouza. Xunto a ela, a súa filla Montse, sen dúbida herdeira do seu código xenético, polo menos en canto ao sorriso, preparaba o seguinte prato para a parella do fondo.

—Boa tarde —dixo Carlos en voz alta para que todos os presentes se desen por saudados, recibindo a cambio un único movemento afirmativo de cabeza do garda municipal.

—Boa tarde —respondeu tamén Isabel—. Que se vos ofrece?

—Trouxen este señor francés a probar o voso churrasco —dixo Carlos.

—Pois sentade onde vos apeteza, que axiña vos atendemos.

Carlos escolleu a mesa máis afastada do televisor, á dereita do ancián. Mentres eu ía lavar as mans, Carlos abriu a carta de viños que depositou Montse na mesa, xunto a un prato de olivas e un cesto ateigado duns anacos de pan que só co olor xa alimentaban. Desde o lavábo podíase oír a conversación.

—Entón que será? Churrasco para dous?

—Quero que este señor probe carne de verdade, e tráenos, se fas o favor, unha botella de Tinto Pesquera.

—Crianza?

—Crianza. Non vou pedir un reserva cando eu non pago... Dixéronme que vas casar —inquiriu Carlos a moza Montse.

—Si. Caso o mes que vén.

—E quen é o afortunado?

—Xoán, o vaqueiro.

—Non tiñas traballo abondo co restaurante e vaste meter nunha explotación de máis de cen vacas?

—Cando me namorei do Xoán non lle preguntei a que se dedicaba —e a Montse riu a gusto ao dicir esta frase.

Volvín a medio diálogo e tomei asento fronte a Carlos.

—Este home é historiador. Vén de Francia para estudar a posguerra en Galiza —indicoulle Carlos a Montse.

—E que hai de interesante nestas terras? —preguntoume Montse—. Aquí somos todos aldeáns, xente sinxela. Non creo eu que haxa moitas cousas que contar...

—Esas son as vidas que me interesan, as da xente sinxela —respondín—. Aquí case non houbo guerra. Pero a posguerra foi *barbare*, como se di...? Brutal! Interésame saber como as circunstancias levaron a xente nunha ou noutra dirección...

—Pois o mellor será que lles pregunte aos vellos. Ese home de aí, por exemplo, o señor Heliodoro. Estivo no maquis... —dixo a Montse sinalando o veciño ancián sen dedo índice e, levantando a voz, engadiu— Non é, Heliodoro?

O ancián volveu a súa cara, amodo, para a Montse, con expresión de entender só que o chamaban polo seu nome.

—Eh?

—Que vostede estivo no monte na posguerra, non?

—Quen o quere saber?

—Este señor francés, que é historiador.

—Francés, eh?

—César Acosta. Veño de París para coñecer como foi a posguerra en Galiza —intervín tendendo unha man en dirección ao ancián, que quedou en suspensión uns segundos eternos, mentres Montse encontraba a escusa perfecta para ir buscar a botella de viño.

—Pois como vai ser! —Respondeu sen me dar a man—. Unha posguerra! Fame. Vinganzas. Morte... Non viviu vostede a Guerra Mundial en Francia?

—Non, señor, non nacera...

—Hai cousas que é mellor non remexer. Os historiadores farían ben cambiando de profesión... A traballar ao campo terían que ir!

—A historia hai que coñecela; se non, non sabemos de onde vimos.

—E para que serve saber de onde vimos se tampouco sabemos onde imos?

—Polo menos pódenos servir para que certas historias non se repitan —dixen provocando unha mirada de desaprobación en Carlos, temeroso de que a boa sorte de atopar aquela testemuña quedase en nada se eu entraba nunha discusión inútil.

—Vostede cre que a xente pode evitar que certas historias se repitan? De verdade cre iso? Cre vostede que todos os homes do mundo xuntos poden evitar unha soa batalla? Sempre houbo guerras e sempre as haberá...

Montse chegou coa botella de viño. Mostrounos a etiqueta a ambos os dous comensais, destapouna con mestría e verteu unha pequena cantidade na miña copa.

—Non vou facer o teatro do entendido en viño. Non lle vou dar voltas para marearme e marealo —dixen burlón.

—Mágoa! Algúns son moi graciosos metendo o nariz na copa —respondeu unha riseira Montse.

—Sírvelle tamén a este señor —dixen indicando ao Heliodoro—. Está invitado a todo o que tome. Señor Heliodoro, se é vostede tan amábel de compartir a mesa connosco, estarei encantado de escoitar calquera cousa que me desexe contar.

O ancián, sen dúbida cos ósos fráxiles e gastados, pero nunca remiso a aceptar un bo viño gratis, tardou en executar a manobra de levantarse, correr a cadeira e sentarse na nosa mesa. Montse, mentres tanto, trasladaba prato, cubertos e copa á nova situación.

Chegou a xenerosa bandexa de churrasco, acompañada dunha gran fonte de ensalada e da súa homóloga ateigada de crocantes patacas fritas. Unha cantidade de carne asada que eu non vira xunta na miña vida.[3] Tan tenra que se desfacía na boca e facía prescindíbel a utilización de coitelo se non fose porque os hábitos inconscientes aprendidos desde a nenez nos obrigan a usalo aínda cando non sexa necesario.

Mentres engulíamos carne, ensalada, patacas e aquel pan polo que xa pagaba a pena o desprazamento até Montoxo, apenas houbo conversación, exceptuando algunha frase eloxiosa cara á comida e o cociñeiro ou para pedir máis viño. Mentres tanto o restaurante foise baleirando de clientes e só quedaron os donos, a mesa con nós os tres comensais, dúas botellas de viño baleiras, unha terceira mediada e unha bandexa na que quedaba tanta carne como a que inxeriramos.

Amosamos histriónicos xestos de inchazo abdominal extremo como resposta á posibilidade de repetir. Ningún dos tres quixemos sobremesa. Pasamos aos cafés e ás consabidas botellas de licores da terra, cortesía da casa. Algo que comecei a percibir como un costume local que botaría de menos cando volvese á frialdade dos refinados restaurantes *parisiennes*.

---

[3] Nota para posíbeis lectores arxentinos: a pesar de que nacín na Arxentina e dispoño da dobre nacionalidade francoarxentina, ao marchar con sete anos, non puidera aínda comer grandes cantidades de carne como faría, seguro, se permanecese allí uns cantos anos máis. Sería posíbel que un neno de esa idade lembrase unha cantidade de carne equivalente, pero no meu caso non era así.

—Isto non se comía cando a guerra —dixo o ancián Heliodoro mostrando o seu sorriso carente de dentes, a excepción dun ou dous, rompendo un soñador silencio, preludio dunha merecida soneca—. Antes a xente das aldeas comía patacas cocidas cun pouco de graxa de touciño ou unto por enriba. Se se celebraba algo, comía un ovo frito. Todo o demais estaba restrinxido pola cartilla de racionamento: aceite, café, azucre, sal... O aceite traíano en bidóns de gas e a gas sabía; o café era chicoria; o chocolate, fariña pura; o arroz tiña máis bichos ca arroz; o bacallau non era bacallau, era badexo...

—Todo iso pasou, avó —resoou a voz forte e amigábel de Caracho achegándose suado á mesa—. Hoxe en día nas aldeas vívese mellor ca nas cidades. As explotacións gandeiras están automatizadas. E os que están en cooperativas poden facer algo que nunca soñaron: vacacións! Se non fose por esta maldita crise...

—Vivirá mellor quen viva mellor —rosmou Heliodoro—. E outros vivirán peor.

Caracho era un home alto, de pel rosada e cara redonda, de constitución forte e barriga e papada prominentes. O pelo, tan branco coma o da súa dona, non envellecía o seu aspecto. Ao falar era locuaz e notábaselle que percorrera mundo antes do seu asentamento definitivo en Montoxo.

—Pero *bueno*... Se case non comestes nada! Ti tampouco, Carlos? Carlos e mais eu somos dos que engordamos vendo comer aos demais —dixo, de pé tras del, apertándolle os ombreiros coas dúas mans—. Así que francés, eh? Creo que é o único sitio onde non montei un restaurante. Demasiada competencia —riu a gargalladas.

—Pois si. Ás veces penso que París é un parque temático exclusivo para restaurantes.

—Pero o seu nome non é moi francés que digamos...

—Certo. Nacín en Bos Aires, pero leváronme a París cando tiña só sete anos. Non recordo case nada da Arxentina.

—Pois en Bos Aires tivemos a Isabel e mais eu un restaurante. Despois Barcelona, Bilbao... e aquí volvemos para nos quedar —dixo Caracho.

—Eu tamén estiven alí uns meses, pero coma esta terra non hai ningunha. En que barrio naceu vostede?

—En Palermo —respondín, facendo que o ancián, por un brevísimo instante, puxese cara de sorpresa, coma se lembrase algo de súpeto.

—A verdade é que non me acordo moi ben daquilo. A pensión, o meu traballo e pouco máis. Nin sequera pasei nunca polo Centro Galego. Estaba cheo de exiliados políticos. O Goberno galego no exilio! Unha banda de lacazáns separatistas e comunistas é o que eran! —E apurou o seu chopo de augardente, que Carlos volveu encher con presteza, aproveitando para completar os de todos.

—Se vostede non era político, como lle deu por marchar á Arxentina? —inquirín intentando que o ancián entrase en materia, calculando que xa levaba augardente abondo no corpo como para soltarlle o músculo húmido.

—Pois coma tantos! Pola miseria. Eu... chegou un momento en que estaba no medio. E todo o que está no medio estorba. Nunca andei metido en política, eh?, pero os falanxistas mataron o meu irmán para quedar cunhas nosas viñas, as mellores de toda a bisbarra. Paseárono unha noite e deixárono tirado na propia viña. O médico, o Cebreiro, veume avisar e presentoume o enlace, que se chamaba Eduardo Prieto. El levoume ao monte para unirme aos guerrilleiros.

—Todos eran fuxidos coma vostede?

—A maioría eran coma min, xentes que nunca se preocuparan pola política... até que lles mataron un pai, un irmán ou un fillo. Polas noites, uns falábannos de Marx; os outros, de Bakunin e Durruti; e tamén dos heroicos —e fixo un aceno burlón— camaradas guerrilleiros Xastre, Moncho, Marrofer, Riqueche, Xan de Xenaro, Fuenteoliva... Trangalladas... A quen lle importan esas historias de heroes labregos? Quen lembra os catro irmáns Gutiérrez Alba que se botaron ao monte canda a nai. A todos lles deron morte as *brigadillas*, ou foron cazados en Francia, na Arxentina ou en Venezuela...

—Eran moitos no seu grupo? —preguntei mentres enchía de novo o chopo de Heliodoro.

—Depende...

—De...?

—De que ano esteamos a falar... Até 1943 eramos bastantes. Moita xente botouse ao monte fuxindo das listas, os paseos e as simples vinganzas, ás veces por pelexas de antes da guerra, por terras ou por mozas ou por non facer a mili..., por cousas así... Axudáballes os parentes e os amigos das aldeas, o que deron en chamar «a guerrilla da chaira». Sen eles non durarían nin un ano. Creo que ao principio chegamos a ser doce. Eu deixeino a tempo e entrei na Garda Civil. Despois, cando o partido lles fixo levar uniformes, comezaron a caer coma coellos. Había moita xente inexperta e nova. Como se podía andar polo monte cos uniformes? E xusto despois, abandonáronos coma cans... para que vexa como son os comunistas até coa súa propia xente. Uns vivían en Rusia coma marqueses, o Carrillo, a Pasionaria e un tal Francisco Antón, e xogaban a reunirse con Stalin..., pero os guerrilleiros seguiron morrendo ou exiliándose até que quedou só un.

—Un curmán do meu pai andou nesas partidas —engadiu Caracho á conversación—. Non coñeceu vostede —dixo dirixíndose ao ancián Heliodoro— ao Billares?

—O Dimas era primo do teu pai? Que ben xogaba ao billar

o carallán.

—Así o coñeceu?

—Era un rapaz. Eu tería uns vinte e un anos e el andaría polos dezaseis, pode que menos. Non tiña ideas políticas —dixo o ancián cunha voz máis grave e tomada—. Era a alegría do grupo, sempre facendo bromas. Non aceptaba ordes máis que do Aviador. Tiña unha amiga en Freimondi, unha tal Delia... Cando non estabamos lonxe, dando algún golpe, ía vela case cada noite e volvía con comida, cartas para os do grupo, rumores sobre accións das *brigadillas* ou noticias doutros grupos. O Aviador permitíallo porque el tamén tiña á Meirelle na zona da Plantada e facía o mesmo. Por iso e porque abrazou con paixón as ideas comunistas que lle aprendía o propio Aviador. El era o encargado de lernos os xornais que publicaba a guerrilla, porque case ningún de nós sabiamos ler. Eu tíñalle aprecio o Dimas. Era o máis inocente do grupo. Pero as guerras sacan o peor de nós e... por este dedo que me falta sempre o lembrarei.

—Por que motivo? —preguntei, decatándome de que, desde que oín o nome do meu pai na boca de Caracho, sentía que non podía controlar a excitación nerviosa.

—Boh, iso son cousas que xa pasaron... De que xornal di vostede que é? Do *Progreso*?

—Non son xornalista. Son historiador e quería escribir un libro sobre a posguerra...

—Pois xa lle contei unhas poucas historias. Agora este vello quere botar unha cabezada. Grazas polo convite e sorte co seu libro.

—Poderémonos ver de novo para charlar outro anaco?

—Nunca se sabe... De poder, pódese todo... As veces o único que falta é a gana...

O ancián Heliodoro ergueuse con dificultade. Tropezou un

chisco ao alcanzar toda a verticalidade de que o seu corpo era capaz, fíxolles temer aos presentes que caería con todo o seu peso ao chan e, despois dunha pequena vacilación, comezou a camiñar con lentitude cara á porta, cada unha das súas pernas arrastrando os corenta e seis anos que lle correspondían. Os demais, xunto con Isabel e Montse, que se uniran curiosas, esperamos en silencio, degustando os seus licores, até comprobar que o ancián sería capaz de chegar á súa casa. Caracho foi o primeiro en romper o silencio en canto o vello se encontrou lonxe do alcance da súa voz.

—Cando eu era neno, en Mourelos contábase que ese home que acaba de marchar chegou a un acordo coa Garda Civil para salvar o cu. Os fuxidos tardaron en sospeitar del porque entrara no grupo recomendado polo médico dos pobres. Así era como lle chamaban a don Francisco... Despois saíu correndo coma alma que leva o demo e pediu na Garda Civil un destino en Vigo. Pero tampouco lle ía moito a vida militar e acabou marchando a Bos Aires.

—Cando eu era cativa e pasaba el por diante, cantabámoslle aquela canción: *Antes eras comunista, agora es requeté, cambiaches a camisa do dereito pró revés...* —cantaruxou Isabel.

—E ese tal Dimas, que foi del? —preguntei intentando non parecer demasiado interesado.

—Creo que cando o Partido os abandonou á súa sorte, a Dimas cruzáronselle os cables. Era o máis novo e tíñalles fe. Non me estraña. Mire que foi do Carrillo e onde están os guerrilleiros...

—Ben. Creo que é momento de pagar e deixalos que descansen antes de ter que se poñeren a preparar as ceas. Teño que confesarlles unha cousa, non sen certa vergoña: Dimas Pérez era o meu pai. Así que somos medio curmáns.

—Xa me parecía a min —dixo Isabel—. Tes trazos da familia do meu marido. O que pasa é que, ao ser francés, non me acababa de cadrar... Pero ao dicir que naceras en Bos Aires xa non me quedou dúbida ningunha.

—As mulleres, sempre con ese nariz tan fino —riu de boa gana Caracho antes de me dar unha calorosa aperta.

—Agradézolles moito a amabilidade e a calor con que nos trataron. Hoxe dei un paso de xigante na miña investigación.

—Fai o favor de atuarnos, primo —resaltou Caracho—. Estades invitados. Se queredes un pouco de festa, esta noite actúa aquí, en Montoxo, o grupo Esprito. Unhas rapazas belgas que cantan en galego e disque o fan moi ben. Despois reservaron todo o restaurante para cear. Músicos, técnicos de son, de luces, transportistas... Gústache o folk?

—Gústame, si. Gústame toda a música. Pero creo que por hoxe xa tiven emocións abondo. E bastante traballo vos darán os do grupo como para aparecer outra vez eu por aquí —respondín intentando disimular o calafrío que me percorrera a medula espiñal ao ouvir o nome do grupo.

No taxi de volta Carlos mantivo o turbo desconectado do seu pé dereito. Pode que polo alcohol inxerido. Pero tamén porque era consciente de que eu fixera un descubrimento sobre o meu pai que podía romper os esquemas mentais que construíra sobre el.

Mentres tanto, no asento traseiro, eu escribía unha mensaxe para LeNoir no móbil: «Confirmé: mon père était le Dimas guérilléro que tu as trouvé. Continue la recherche par Aviador svp».[4]

Unha vez no hostal, tras coller un cigarro do paquete, darlle tres golpes e acendelo, dediqueime a anotar na tableta todos

---

[4] Confirmado, o meu pai foi o Dimas guerrilleiro que ti atopaches. Continúa a busca por *Aviador,* por favor.

os datos que o vello Heliodoro me dera esa tarde para non os esquecer. Tamén pasei á tableta os datos extraídos da conversación telefónica con Rolf LeNoir.

Unha vez pasadas as notas, tiña xa unha visión de conxunto e só me faltaba ir encontrando as pezas que formarían o gran crebacabezas da vida do meu pai. Parecía claro que o meu pai fora guerrilleiro, que tivera unha deriva ideolóxica de ida e volta que pasaba polo comunismo, pero non quedaba tan claro por que todo o mundo, ou case, enmudecía ou cambiaba de cara cando se mencionaba o seu nome. Máis aínda se ese nome se mesturaba cos de Delia e Manuel Lamela. Ao parecer, de forma paralela á vida dun guerrilleiro (que ansiaba coñecer en toda a profundidade de detalle que fose posíbel), existía unha historia que involucraba eses tres personaxes, tan turbia que ninguén quería explicala. Aínda que outra hipótese plausíbel sería que xa ningunha persoa viva coñecese esa historia, dada a cantidade de anos transcorridos desde aqueles feitos e non tivese nada de turbia nin misteriosa...

9. Don Manuel Lamela

—Diga? —murmurou, máis que acertou a dicir, unha rouca voz desafeita a falar desde había unhas cantas horas.

—Don Manuel? Aquí Heliodoro.

—Heliodoro?

—De Taboadela dos Viños.

—Ah! Heliodoro! Desculpe, este teléfono ten máis anos que os meus ouvidos. Que conta de novo, home?

—Bo..., en primeiro lugar queríalle agradecer a súa intercesión en favor do meu neto. Estaba o pobre sen futuro e ese traballo no Concello fixo del un home novo. Está contentísimo e pediume que lle traslade o seu agradecemento.

—Alégrome, alégrome. Xa sabe que sempre que poida axudar en algo...

—Tamén quería dicirlle unha cousa, aínda que non sei se será correcto...

—Diga, diga. Algún chisme da vila?

—*Bueno*..., o caso é que hoxe comín no Caracho, en Montoxo, e presentouse o Carlos, o fillo do alcalde que vostede puxo en Taboadela, ao que lle pagou a campaña...

—Vaia ao gran, Heliodoro, por favor, vaia ao gran...

—Perdón, don Manuel. Pois presentouse o taxista cun home francés que dicía ser xornalista, ou historiador, ou algo polo estilo.

—E...?

—Pois que ese francés facía moitas preguntas sobre a posguerra e os fuxidos ao monte...

—Ao gran, Heliodoro... —grallaba unha voz impaciente.

—Pois que estaba moi interesado na vida de Dimas Pérez. O Billares!

—Até que punto estaba interesado?

—Até o punto de que cando o Caracho amentou o seu nome xa non lle interesou máis nada. Pero ese interese foi o que fixo que eu calase a boca...

—Ben, ben..., quero que me faga o favor de pescudar quen é, onde se hospeda e por que lle interesa tanto esa persoa. De todas formas, se vostede fixo ben o traballo para o que lle paguei no seu momento, non temos de que nos preocupar, non é?

—Non, non! Non hai que se preocupar. O seu segredo está enterrado desde 1949 e así seguirá cando marchemos deste mundo.

—De acordo, pois. Non nos preocupemos polo de agora. Agradézolle a súa chamada, Heliodoro.

—A mandar, don Manuel. É vostede un home moi bo e ten en min un leal servidor até a morte, igual que servín ao seu pai até que, por desgracia, nos deixou, que Deus o teña na súa gloria.

Manuel Lamela colgou o auricular do teléfono negro de pasta sobre a mesa auxiliar, á súa esquerda, e reclinouse na cadeira de brazos de coiro marrón encarado á fiestra. Enmarcado nela pintábase un claroscuro de tellados composteláns sobre os que intentaba anobelarse unha rula empapada. Deixou caer a cabeza cara atrás e pechou os ollos. Aquela chamada traíalle recordos esquecidos. Recordos de cando aínda era un neno, de cando era Manolito, un imberbe de once anos, obrigado a se trasladar, xunto ao seu pai, a unha aldea perdida en ningures.

Ergueu con dificultade o seu obeso corpo apoiándose no bastón reclinado xunto á cadeira de brazos e dirixiu os seus lentos pasos, arrastrando as zapatillas pola alfombra, cara á libraría que ocupaba toda a parede do fondo do salón. Repasou cos dedos os lombos dalgúns libros, clásicos romanos na súa maior parte. Apartou catro voluminosos tomos falsos, deixando ao descuberto unha caixa forte encaixada na parede. Con cerimoniosa parsimonia marcou a combinación no teclado dixital, abriu a porta, apartou unha pesada pistola Luger Parabellum P-08, extraeu unha pequena carpeta do seu interior e volveu deixar a libraría co mesmo aspecto que tiña con anterioridade.

Volveu á cadeira de brazos coa carpeta na man ceibe. Depositouna xunto ao teléfono, enriba do exemplar dobrado do diario La Gaceta, para poder acender a lámpada de pé de estilo vitoriano. Entre a choiva de Santiago e as cataratas de Manuel Lamela, escurecía un pouco a tarde. Tomou asento de novo, deixou o bastón, abriu a carpeta e extraeu unhas poucas follas soltas, algunhas delas cos bordos queimados. Pensou, por un intre, que a curiosidade fora máis forte ca o instinto de conservación.

Pechou os ollos de novo e recordou. Como non tiña máis remedio que lembrar cada vez que a cortina das súas pálpebras lle suxería a don Manuel a necesidade do descanso reparador dun sono imposíbel. Un sono descoñecido desde había un par de eternidades…, desde aquel 1 de xullo de 1949…

—Fixen ben en queimar o diario da Delia. Ao final sempre aparece algunha pantasma do pasado, aínda crendo telo todo controlado, que che pode augar a festa. Ese francés xa pode preguntar por aí, que non vai conseguir nada. Todo o que me podía comprometer estaba neste diario e só quedan estas poucas follas no meu poder.

Tras ese pequeno monólogo, colocou os lentes progresivos e dispúxose a reler, por primeira vez en moito tempo, aquel anaco de diario...

10. Anaco do diario da Delia

29 de xullo de 1946

O Manuel aceptou, por fin, levarme ao cine. Botaban *La vida en un hilo* e o NO-DO encargouse de me lembrar que xa hai dez anos dos sucesos que viñeron cambiar as nosas vidas. Dez anos de morte e miseria, de fuxida cara adiante, de poñerlle boa cara ao mal tempo malia a tristura que vai por dentro.

Tras a noticia dun campionato de xadrez que non me dixo nada, o NO-DO seguiu cunha exhibición de billar duns irmáns arxentinos. Non puiden evitar lembrar o episodio do Dimas no Casino e tiven que loitar comigo mesma por non me poñer a chorar. Despois veu unha reportaxe sobre a festa da Virxe do Carme en Marín a cargo da Mariña de guerra e outra máis sobre barcos e avións de guerra dos americanos que me fixo tremer pola súa capacidade de destrución. Veume á cabeza a única vez que o Xaquín mencionou a batalla de Crasnibor e só vendo aquelas imaxes de canóns disparando entendín, a medias, o que puido sufrir na guerra.

Rematou o NO-DO co enxalzamento ao décimo aniversario da *gloriosa cruzada de liberación* co gallo da reconstrución da vila de Brunete, seica destruída durante a guerra, feita de novo despois e que contrasta co total abandono das nosas aldeas. Esa é a forma que ten o réxime de comprar vontades.

Franco pronunciou un discurso no balcón do Concello —e nese momento o Manolito remexeuse nervioso, riseiro e excitado no asento— evocando *la lucha creadora de la que es un símbolo el bello Brunete resucitado, obra del trabajo de nuestros artesanos, inspiración en piedra de nuestros arquitectos, poder creador de una raza que luchó y murió por este resurgir*. Unha linguaxe que me lembrou á que usou o mestre Lamela no discurso que botou aquel día en que pechou a escola. Un discurso que me fixo pensar que non faría falla rexurdir ningún se antes non houbese destrución.

A película é bonita. Fíxome esquecer o NO-DO. Moi simpática e inocente e con algúns chistes graciosos. Fala dunha muller farta da vila que ao quedar viúva volve á capital. No tren coñece unha adiviña que lle conta o que puido ser da súa vida se en vez de aceptar o taxi do segundo home que llo ofreceu, un día de chuvia, aceptase o do primeiro. Fíxome sorrir en varios momentos, sobre todo cando di aquilo de «un rapaz traballador, sen capacidade para a fantasía, sen sentido do humor», que tan ben describía a quen estaba sentado a carón de min case que roncando: o segundo home que me ofreceu un taxi. Aínda que non me gustou que ao final Mercedes se conforme con vivir do seu marido e non queira máis profesión ca a de ama de casa se o que busca é a felicidade e a aventura permanente. Se o que quere é aventura permanente, que se bote ao monte co Dimas e os outros... Ai, que doado é criticar os demais cando eu non tiven a valentía de facer o mesmo que lle pido a unha personaxe de película.

Pois ben, meu diario querido, dicíache que hai once anos e un mes, o 16 de xuño de 1935, o Manolito chegou a Freimondi, un lugar cunhas vistas privilexiadas sobre o río Mineu. No pequeno peirao de rocha natural atracaba media ducia de dornas pequenas para o transporte da uva e unha máis grande para o traslado de persoas á outra beira do río.

Manolito contemplaba as viñas e o río desde a branca igrexa construída no mellor lugar para contemplar a paisaxe. Imaxino a cara do Manolito moi triste. Deixara atrás amigos e familia polo traslado do seu pai, don Manuel, como novo mestre da parroquia, e aínda non sabía como ía ser acollido naquela vila nin como eramos os rapaces de alí. Tiña medo e tremía a pesar de que ese verán era bastante caloroso. Tan caloroso que unha febril actividade indicaba que se adiantaba o momento da vendima. Os homes e as mulleres suaban baixo o sol, cavando ou sulfatando, percorrendo as muras en pendente con ritmo constante.

Manolito non entendía moi ben por que trasladaran o seu pai daquel xeito tan apresurado, na metade do curso. Os rumores, que sempre abundan, dicían que pasara da raia co castigo físico a un alumno. E aínda que Manolito sufría nas súas carnes, case que a diario, os métodos pedagóxicos de don Manuel en forma de fina vara cravada, unha vez e outra, nas súas costas e as súas nádegas, non podía entender que só por iso, algo tan natural, o Goberno republicano trasladase o seu pai a outra escola.

Tamén se dicía que o castigaran porque don Manuel era monárquico de convicción e católico fiel de misa diaria. E aínda que os 11 anos que Manolito tiña daquela eran moi poucos para entender a diferenza, se a había, entre monárquicos e republicanos, intuía que esa debía de ser a verdadeira razón. Que por moitos golpes que se lle dea a alguén coa vara, facer iso non pode ser motivo para envialo tan lonxe. Manolito botaba de menos o mar e o agarimo que lle dispensaba a súa nai. Aquel río navegábel, co seu pequeno peirao, polo menos regaba con auga a paisaxe, pequena reprodución do inmenso océano Atlántico. Non obstante, nada podía substituír o cariño da nai, sempre disposta a regalarlle bicos e caricias. Morrera dous anos antes. De tuberculose, dicían uns; de tristura, dicían outros.

Naquela escola apenas eramos 11 alumnos. Todos xuntos, na única aula, desde os 6 até os 14 anos. Os constantes cambios de profesor mantiñan a escola pechada durante moitos meses do curso. E cada vez que viña un novo mestre, todo era recomezar. Os máis vellos estaban fartos de facer paus unha vez e outra. Para os pequenos, ter escola era motivo de alegría porque os libraba de traballar no campo por pequena que fose a tarefa que impuxesen os seus pais. Non había libros nin programa de curso. Cada profesor era libre de aplicar os seus métodos pedagóxicos e o programa que desexase. Moi lonxe de republicanas institucións libres de ensino, na Coruña, Madrid ou Barcelona, aquí a escola era outra cousa, outro mundo distinto, outro ensino que a maioría de profesores consideraba unha perda de tempo absoluta.

A chegada de Manolito, xunto co novo profesor, inundou a parroquia de murmurios. Todo era un boca-orella constante que enchía o ar de rumores, acenos e risas contidas. Un forasteiro era un acontecemento. Dous xuntos, alumno e profesor, un fito universal. E iso, a Manolito, facíalle sentirse observado a todas as horas do día.

Moi cedo iriamos comprobando nas nosas carnes, un tras outro, o sistema educativo de don Manuel. Pau torcido, zas! Dúbida ao responder, zas! Risiña a destempo, zas, zas, zas! Os xergos —segundo o profesor, os *siniestros*—, pasaban a xornada escolar co brazo esquerdo atado á cadeira. Os que lle parecían sucios eran regados cun balde de auga e pasaban o día soportando a humidade entre aquelas frías paredes de granito.

Manolito nunca recibía en público a súa porción de reveses. Nin un reproche. Nin unha rifa. Ante os nosos ollos era un privilexiado, aínda que máis tarde soubésemos que na casa levaba o dobre de paus, de reproches, de rifas e de berros, para exemplificar don Manuel, no seu propio fillo, a medicina da educación.

Para o profesor eramos parvos sen remedio, burros que xamais aprenderiamos nada. Só había que ver como falabamos, *en ese basto dialecto que ni para hablar con los animales sirve*, pois con estes abondan os monosílabos sen sentido. Eramos uns incapaces para comprender a sutileza do *idioma imperial*. Impedidos mentais para o que non fose matemática básica, non había futuro nin remedio en nós. Só se podía esperar que aprendésemos a comportarnos de xeito máis ou menos digno e que as xornadas se fosen sucedendo até que se esquecese aquel lamentábel accidente que un día, en que estaba moi falador, de xeito insospeitado, me contou Manolito.

Un alumno de 16 anos, que se consideraba con dereito a arrepórselle, brandindo na man un panfleto dun tal Herbert George Wells chamado *Miseria dos zapatos*, recibira as estacadas de costume. A mala sorte quixo que a punta da vara lle fose saltar un ollo. Don Manuel non sentía remordemento ningún. E estaba convencido de que só así lembraría, aquel insensato, o respecto pola xerarquía mestre-alumno.

Cada vez que oio o título dun libro, lamento que xa non estean os Ferreiros para que mo presten, se o teñen. Aquí é tan difícil conseguir libros..., pero xa che falarei, querido diario, dos Ferreiros. Xa che falarei de como lles vai, nestes tempos, ás persoas boas e xenerosas.

Así as cousas, todos esperabamos a que o tempo puxese a cada un no seu sitio. Don Manuel agardaba o regreso da monarquía no exilio e a restitución das honras que o seu cargo merecía. Nós esperabamos a que o trasladasen, como acontecera con tantos profesores, e nos trouxesen outro, aínda que sempre hai quen prefire o contrario. O Adrianito, por exemplo, tan pequeno como era, pensaba que era mellor que a escola estivese pechada que cambiar un verdugo por outro. Que ao final o único que cambia é a man que colle a vara coa que te van pegar.

Os rapaces maiores do lugar, cando remataba a xornada no campo, despois da escola, xuntabámonos na fonte. Un cano metálico que saía dun penedo e estrelaba a súa auga, a unha presión considerábel, sobre unha pía do mesmo granito, gastada polo propio discorrer do líquido e verdosa pola constante humidade. Mentres os nenos xogaban ao guá con belotas de carballo, as nenas saltabamos a Mariola, o Truque ou rubiamos aos castiñeiros cernados para xogar ás casas. Nenos e nenas xuntabámonos para darlle uns golpes á estornela co palén no xogo da billarda ou contabamos contos ou trabucabámonos con trabalinguas. Sempre estabamos a rir, aínda que estivésemos cansos do duro traballo. Non había máis que a fonte, pero dábanos a sensación de estar na praza maior dunha vila máis grande.

Dimas, de 13 anos entón, era o máis pallaso de todos. Moreno, moi alto, cos ollos da cor do mel, sempre andaba facendo cabriolas e contando chistes. Era a alma do grupo e, se faltaba, notábase a súa ausencia. Os seus tíos eran, coma os pais de todos nós, labregos de supervivencia. Dúas vacas, un porco, un par de ovellas e algúns terreos de reducidas dimensións eran o seu patrimonio. Tamén, coma case todos, tiñan unha pequena viña e media ducia de casti-ñeiros. A suma de todo dáballes para ir tirando con esforzo día tras día. Dimas ten unha viva intelixencia e un brillo nos ollos que o fan moi atractivo. En 1936 xa ninguén recordaba cando Dimas deixou de ir á escola, aínda que animaba os seus curmáns, irmáns para el, a que fosen sempre que puidesen e estudasen moito.

Eu tamén tiña 13 anos daquela. O meu pai, Alfonso, o Manteiga (chamábanlle así pola palidez da súa pel), un homazo de case dous metros de alto e case dous de ancho, louro, de cabelo crecho, que herdei, e cuns ollos tan azuis que parecían de cristal, sempre me animaba a estudar, saír da aldea e dedicarme ao xornalismo ou cal-quera cousa na que cumprise escribir ben. Sempre me encargaban —e seguen a facelo— escribiren as cartas aos parentes emigrados nas Américas. Os meus pais estaban orgullosos de min, aínda que a nai non confiaba demasiado en que os empregos na capital, de xornalista ou do que fose, estivesen feitos para a xente da nosa clase.

Completaban o grupo Xaquín o da Vila, un cándido e simpático gordiño, de rubias meixelas, vido desde a veciña aldea de Vila a vivir cuns parentes ao morrer os seus pais nun accidente de carro, e Arturo, O Turi, un espigado rapaz de 12 anos, coma Xaquín, ca-paz de comer o dobre que os seus compañeiros e non engordar nunca. A súa fame e a súa delgadeza eran famosas en toda a bisba-rra.

Sempre que podiamos estabamos xuntos. Agás na misa, á que Dimas e os seus tíos non ían. Eu, aínda que o meu pai se confesaba ateo (sen pasar nunca por un confesionario), tiña que ir porque a miña nai si asistía cada domingo e festa de gardar. O resto do tempo de lecer non faltabamos á nosa cita tácita. Turi sempre chegaba algo máis tarde, pois tiña a misión diaria de learlle oito cigarros de picadura ao seu bisavó de 98 anos. Unha vez enrolados, deixábaos na mesa de noite do Señor Antonio, prostrado en cama desde había dous anos, xunto cun cuartillo de augardente.

Os primos de Dimas, máis pequenos, aparecían ás veces. Aínda que adoitaban aburrirse nos faladoiros e preferían xogos máis propios da súa idade. María, Ceferino e Adriano, irmáns entre si, trataban a Dimas coma ao seu irmán maior e notábaselles a admiración que sentían por el.

Manolito, desde que chegou, non se relacionaba cos nenos da aldea. Tampouco nós faciamos esforzo ningún por relacionarnos con el. Ao saír da escola, dirixíase á casa, taciturno coma sempre. Ía só porque o seu pai tiña a partida de dominó de cada xoves co señor cura, o alcalde e o dono da tenda da estrada.

Até ese día. Debeu de ser a finais de xuño ou primeiros de xullo de 1936. Ao pasar xunto de nós apartouse un pouco. Aqueles *asnos* —en palabras do seu pai, don Manuel— infundiámoslle á vez medo e envexa. Aínda que o medo dominaba e Manolito era incapaz de discernir un sentimento do outro. Dimas, coa súa brillante mirada e o seu permanente sorriso, dirixiuse a el dicindo:

—A ver, Manolito, ti que es un intelectual, sabes que son *os biosbardos*?

Manolito apenas soubo pronunciar un non e, seguindo o seu camiño, movía a cabeza de lado a lado, negando. Acelerou o paso e deixounos atrás, escoitando as nosas risas, sobre as que destacaban as risadas grosas do Dimas. Estou segura de que cando chegou á casa, arquexando, aínda lle parecía escoitar aquelas risas amplificadas.

Chegou o inverno e o parón nas tarefas do campo, o frío, as xeadas e os lobos famentos. O perigo ao atravesar o bosque paralizaba as clases de música que don Manuel e don Antonio Fernández, os Ferreiros, nos daban, de balde, nunha aldea ao outro lado do río, na súa propia casa. Os Ferreiros, ademais de seren mestres, albergaban

a secreta esperanza de poder formar unha banda de música con ra-
paces novos para animar as festas da bisbarra. Dimas tocaba a
frauta travesa e eu o clarinete. Turi decantábase pola percusión e
tocaba o bombo «porque só facía falta unha man». A Xaquín os
seus tíos non o deixaban ir porque a mera idea de atravesar o río,
primeiro, e o bosque cheo de lobos, despois, lles producía pánico.

Durante os paróns invernais perdiamos bastante práctica cos ins-
trumentos porque ningún familiar estaba disposto a aturar aqueles
ruídos infernais dentro da casa. Entón, para pasar o inverno, os Fe-
rreiros prestábannos libros para ler durante esas frías e interminá-
beis tardes. Podiamos escoller os que quixésemos da súa ampla bi-
blioteca. A min dicíanme que, co ben que eu escribía, debía ler
moito para escribir mellor. Recomendáronme que lese *Un cuarto
propio*, de Virginia Woolf, e dixéronme que sería unha verdadeira
pena que eu acabase sendo unha Judith Shakespeare, como o fora
Nicolasa Añón, creadora oral analfabeta que, de saber escribir,
quen sabe se non sería outra Rosalía de Castro. En troque, o seu
irmán Francisco si tivo unha educación e un recoñecemento.

Encantoume o libro, mostroume moitas cousas que vía sen ver
e desde que o lin comecei a me pechar no meu cuarto cando quería
escribir. Teño a inmensa sorte de que nin o meu pai nin a miña nai
son coma moitos dos nosos veciños, que me estarían a dicir, desde
meniña: «Escribir para que?» «Non perdas o tempo con parvadas e
ponte a coser». «As mulleres non servides para nada...». E se un
día caso —pensei tras ler o libro—, quen comparta a miña vida terá
que entender, entre outras cousas, que eu teña o meu propio cuarto
para poder escribir. Pero a vida zorregoume na cara cunha man de
realidade. Fíxome entender que non se elixe ser ou non ser unha
Judith Shakespeare, senón que o acabas sendo porque es muller nun
lugar e un tempo e unha clase social concretos. E comprendín, pode
que demasiado tarde, que o cuarto ao que se refería Virginia Woolf
era unha metáfora.

Co inverno tamén se facía difícil xuntarse na fonte. As reunións
nas casas eran frecuentes, pero rodeados de adultos e anciáns que

contaban as súas historias arredor do lume. Nós limitabámonos a escoitalas apampados, pois nelas sempre había moita sabedoría concentrada en pequenos contos ou anécdotas que tras o relato comentaban os adultos.

Máis tarde, eu adoitaba ler as cartas dos parentes de ultramar das familias todas, nas que sempre, sempre, se relataba que os «americanos», en xeral, estaban «ben». Ninguén quería apesarar as súas familias explicando os seus enormes sufrimentos, as longas xornadas de «laburo», a explotación e os salarios de miseria. Todas as cartas eran un calco: «Encóntrome ben, teño un bo traballo e, se non fose pola calor, este sitio sería o paraíso». Cartas de Cuba, da Arxentina, o Brasil, Venezuela ou México. Algunha vez traían unha foto do parente vestido cun traxe de liño, gravata e zapatos de charón, na que non faltaba un pucho branco medio ladeado —se se trataba dun home— ou un longo e claro vestido, saia de volantes e alegres estampados —se se trataba dunha muller—. Como a da tía, na porta da fábrica Cinzano onde traballaba. Sen dúbida a que tiña a expresión máis feliz de cantas aparecían na fotografía que presidía, enmarcada en madeira de castiñeiro, a mesa de noite da miña nai.

Pero, fóra deses intres, os invernos eran longos de máis para unha meniña. Os maiores sempre tiñan cousas que arranxar. Pero non os pequenos. E deume por facer ras de papel. Ensinoume a miña tía antes de marchar a Bos Aires. E prometeu aprenderme a facer outros animais á volta. Ao Dimas e ao Xaquín encántanlles. Din que son a viva imaxe das que hai na poza, pero penso que se monean de min. Ás veces, se teño que pasarlles algún recado, doulles unha ra co mandado escrito dentro, aínda que o Xaquín se enfade un pouco (moi pouco; el non pode enfadarse de verdade) porque di que despois de aberta, é incapaz de reconstruír a ra. Teño pendente facerlle unha sen mensaxe para que a poida gardar. Xa che contarei noutro momento, querido diario, o tipo de recados e como os fago chegar.

O Manolito, durante o inverno, alternaba o estudo do latín coas longas e tediosas reunións na casa do señor cura. Don Domingo e mais o pai de Manolito, dedicábanse a criticar, unha e outra tarde, a libertinaxe republicana. Agardaban a chegada dun salvador e gababan o labor que levaba a cabo, case na clandestinidade, un tal José Antonio ao que sempre se referían así, só polo nome. Ao parecer tiña unha especie de exército de mozos uniformados que se dedicaba a preparar o futuro regreso da monarquía, sementando o terror e dando malleiras por todo Madrid.

Intentaran convencer algúns rapaces da parroquia para que abrazasen a fe joseantoniana sen demasiado éxito. Chegado o momento, e no nome de Deus, non habería máis remedio que facer limpeza, pois exceptuando os dous máis tontos do lugar, o resto dos paisanos ía ao seu, sen baixar as orellas ante o proselitismo de don Domingo. Creo que, sobre todo, porque a ningún lle gustaba desfilar pola estrada tras do Manolito, con pequenos fusís de madeira e ridículos uniformes de pantalón curto. E, menos aínda, que lles chamasen *pelaios*.

O Manolito escoitaba aquelas conversacións entendendo a metade, pero, xa que non había outra cousa que facer, con certa atención, pois entre iso e o latín non tiña dúbida.

Voltou a primavera e o relativo bo tempo facía apetecíbeis, de novo, os nosos encontros xunto da fonte. Tamén se retomaban as clases de música ao outro lado do río, os paseos en barca para cruzalo e a volta nocturna, rindo sempre, comentando a dificultade da peza ensaiada ese día. Os Ferreiros sempre daban as súas clases de bo humor e non se enfadaban nunca por moito que nos custase coller un fraseo. E de cando en vez facían unha pausa e pedíanlle ao Expósito que trouxese uns vasos de leite e unhas galletas.

Nesas pausas falábannos de Castelao, líannos fragmentos da súa obra ou amosábannos viñetas debuxadas por el. Facíannos comentar que nos parecía a idea dunha nación galega, ter idioma e literatura propios e unha identidade da que debiamos sentirnos orgullosos. Non sempre estabamos de acordo. Ás máis das veces nin sequera tiñamos opinión propia sobre os temas dos que nos falaban.

O certo é que tocabamos con gusto e gana, gozabamos da música e dos faladoiros e os mestres pensaban que para o mes de agosto poderían facer a primeira presentación en público dunha nova banda de música composta por xente nova. Levabamos uns días dándolle voltas ao nome que lle poñeriamos á banda. Os deste lado do río decantabámonos por nomes como A banda dos lobos ou A banda do bosque, mentres que os do outro lado eran máis clásicos e preferían nomes como A luaña, A banda de Vila ou A banda da Insua. E, arredor da fonte, continuabamos dándolle voltas, máis tarde, aos posíbeis nomes que poñeriamos. O Xaquín participaba, tamén, coas súas achegas, pois, aínda que non formaba parte da banda, sentíase integrado na mesma medida en que os seus amigos o estabamos.

O Manolito seguía pasando cada serán, saturnino, por diante de nós, mirando para min de esguello. Non sei por que. Non tiña motivos para desconfiar de min. Sempre recibía un saúdo, un refrán, un chiste que contestaba co silencio. Até que un día venceu o medo e se achegou á fonte, colocándose máis perto de min ca do resto.

—A ver, Manolito, ti que es intelectual: sabes que son os *biosbardos*? —inquiriulle, coma case cada día, Dimas.

—Pois non, non o sei...

—Os *biosbardos* son uns animais nocturnos moi difíciles de pillar —apuntou Turi.

—E tan intelixentes que só se poden cazar chamándoos polo seu nome —engadiu Xaquín.

—Pois nunca oín falar deles —dixo Manolito.

—É que están case en extinción e só quedan exemplares nesta bisbarra. Se queres velos, podémosche amosar un sitio onde se poden cazar. Unha vez cazados, podes quedar con algún de mascota porque aprenden moito e rápido —dixo Dimas—. O resto hai que devolvelos ao bosque para que se sigan reproducindo.

—Iso si —dixen eu—: só se poden cazar de noite e só nas noites sen lúa. Se te ven, escapan.

—Podes quedar unha noite para cazalos? —inquiriu Turi.

—Non sei... O meu pai é moi estrito e non me deixa saír. Se se decata de que escapei, pegarame unha malleira coa vara de abeleira.

Esa afirmación sorprendeunos, pois todos pensabamos que o fillo do mestre gozaba de inmunidade ante as malleiras. Aínda así, o Dimas pensou que era unha escusa, xa que xamais viramos que don Manuel lle levantase a man, nin a vara, a Manolito. Polo tanto, insistimos.

—Veña, ho, se só será un momento. De verdade que paga a pena —dixo o Dimas.

—Intentareino, pero non prometo nada. Cando será? —dixo Manolito.

—Cando non haxa lúa avisámoste —respondeu o Xaquín—. Se segues pasando por aquí cada día, xa che diremos cando.

A partir daquel día, Manolito paraba uns minutos na fonte coa cuadrilla. Non falaba, só escoitaba os chistes, as anécdotas, as discusións ou os aburridos silencios. Eran paradas moi curtas, pois sempre debía chegar á casa antes ca don Manuel para que este o atopase sentado e co libro aberto.

—Contáronme unha que fixo o bruto do Expósito, o que vive na casa dos Ferreiros —dixo Xaquín.

—Ese? Calquera cousa —replicou Turi.

—E que foi? —preguntei.

—Pois parece que colleu un gato e lle puxo nas poutas unhas cascas de noz untadas de pez. Esperou un pouco a que a pez se pegase ben pegada e subiuno ao tellado da casa. Deixábao ir e o gato patinaba con cara de asustado. Ao caer ao chan, volvíao coller e deixábao ir tellado abaixo. Así até que se cansou e deixou o gato cos zapatos postos...

—Capaz é —dixo Xaquín—. A ese coñézoo e gáñache en bromas, Dimas.

—Si, pero eu nunca mancaría un animal ou unha persoa. A pez non se saca e ese gato non poderá cazar nin buscar comida... Se case non poderá nin andar...

—Hainos moi brutos —dixen.

—Pois caeulle unha boa reprimenda dos profesores. Dixéronlle que, se volvía mancar un animal, que preparase o fardo e buscase outra casa para vivir. Que era a última que lle consentían.

—Algúns non aprenden por moito que lles aprendan. Ese é o que pesca as troitas tirando esa raíz velenosa á auga, non? —preguntei.

—A centos, sácaas —respondeu Xaquín—. Para que despois lle podrezan! Só para se facer o fachenda...

Chegou un día sen lúa e, cando Manolito pasou xunto á fonte, Dimas fíxolle xestos para que se achegase.

—Hoxe non hai lúa —dixo, case nun murmurio, coma quen conta un segredo de Estado—. Queres vir cazar *biosbardos* connosco?

—Intentareino, pero non vos podo prometer nada.

—Quedamos ás 9 no souto branco, xunto ao bosque. Non leves lanterna. Levaremos nós só unha para volver, pero non podemos usala, porque os *biosbardos* marcharían.

—Vale. Se podo, alí estarei, pero ás nove e media. Ás nove acabamos de cear e teño un cuarto de hora de lectura en latín co meu pai antes de me deitar.

—Non nos falles —dixo Turi, apenas aguantando un sorriso que pugnaba por escaparlle.

E fíxose a noite. Os catro esperabamos ansiosos no sitio acordado: no linde do bosque. Manolito tardaba máis da conta. Xusto cando xa pensabamos que non se ía presentar, escoitáronse uns pasos torpes, tropezando coas escasas pedras do prado, avanzando cara a nós. Fixemos un lixeiro sinal coa lanterna e Manolito berrou un «Xa vou» que respondemos cun «Shhhhhhhhhh» ao unísono.

—Síntoo. A lectura de hoxe foi máis longa do normal —dixo Manolito—. Tocaba traducir *A conxuración de Catilina*, de Salustio. *Dum vicinitatem antea sollicitatam armis exornat, cum fasci-bus, atque aliis imperii insignibus in castra contendit...*[5] Pero vin —rematou con ton de quen é home de honra.

—Fala máis baixo, que os vas espantar —contestou Dimas—. Aínda que non saiban latín. Toma este saco. Farache falta para cazalos. Agora entraremos no bosque collidos das mans e irémonos colocando en círculo para rodealos. Ti tes que aguantar o saco aberto, agachado e en total silencio. Cando nos oias dicir unha frase, ti repítela. De acordo?

—De acordo.

Collémonos das mans e entramos no bosque en ringleira. Manolito era o último. Eu dáballe a man e el collíaa con forza, coma se lle dese medo que o deixase ir. Dimas guiaba a pequena santa compaña por camiños que coñecía de memoria até un pequeno claro, onde se detivo. Pasoulle a consigna a Turi e este a Xaquín, quen ma pasou a min, e eu a Manolito. Ese era o sitio onde este debía quedar co saco.

Por primeira vez nesa noite, Manolito comezou a sentir medo, a ulir un perigo incerto como debe de ser o que olen os animais. Non obstante, era un home superior a nós, os paisanos, tal e como o seu pai e don Domingo non deixaban de repetir. Debía superar o medo irracional. Ao cabo, se os parvos non o tiñan, el non podía ser menos. Así que se agachou, abriu o saco todo o que puido, orientándoo cara a onde aínda oía os nosos pasos, e esperou a ver que pasaba.

Demos un rodeo, para que os pasos soasen afastados, até volver en absoluto silencio para situarnos a uns dous ou tres metros de Manolito. Todos agás Dimas, que quedou algo máis lonxe para que a súa voz non soase demasiado próxima. Contendo apenas as risas, lanzamos un pequeno feixe de luz coa lanterna cara ao lugar onde se atopaba Manolito para ver onde estaba a boca do saco.

Foi entón cando soou, lúgubre e solemne, a voz do Dimas.

---

[5] Mentres provía de armas a veciñanza, que antes solicitara, diríxese aos campamentos con fasces e outras insignias do imperio.

—Biosbardo, vente ao fardo! Biosbardo, aquí te agardo!

—Biosbardo, vente ao fardo! Biosbardo, aquí te agardo! —contestaba Manolito.

—Biosbardo, vente ao fardo! Ti es Biosbardo, eu son Leonardo! —volvía dicir Dimas.

—Biosbardo, vente ao fardo! Biosbardo, es Leonardo! —volvía contestar Manolito.

Ao principio Manolito non sentía que pasase nada. E xusto cando comezaba a cansarse, un golpe seco coouse pola boca do saco. O pulso de Manolito acelerouse, suaba e sentía emocións descoñecidas nun peito que se inflaba por momentos.

—Biosbardo, vente ao fardo! Biosbardo, aquí te agardo! —dicía Dimas.

—Leonardo, vente ao fardo! Biosbardo, aquí te agardo! —contestaba Manolito cada vez con máis forza.

E os golpes comezaron a se suceder un tras outro dentro e fóra do saco. Aqueles animais ían caendo coma moscas na trampa e Manolito comezaba a estar ansioso por descubrir como eran eses bichos, tan intelixentes coma para entender unha frase e tan bobos coma para se deixar atrapar daquel xeito.

Entón os golpes comezaron a decaer en frecuencia até que cesaron de todo. A voz de Dimas deixouse de oír e Manolito esperou instrucións. Pensou que pasariamos a recollelo ou que lle diriamos algunha cousa. Pechou a boca do saco con todas as súas forzas para que non escapasen os biosbardos e seguiu esperando. O pulso non paraba de subir, sentía os latexos do corazón nas tempas e nos oídos, a suor empapaba todo o seu corpo e o silencio era tal que até parecía que se encontraba no baleiro.

—Eh! Estades aí? Delia? Estades aí...?

Tras os restos desas palabras nos seus propios oídos, só o silencio se oía. Comezou a sentir mareos, a cabeza dáballe voltas no seu interior, nada vía, nada oía. Sentiu arcadas e vomitou a un lado. Sen decatarse, nin se movía da súa posición en crequenas, nin soltaba o saco; só ladeaba a cabeza e vomitaba.

Xa cría que morrería no medio dun bosque do que descoñecía como saír, que os biosbardos non cazados o atacarían e o matarían a dentadas (e asiu o saco con máis forza aínda), cando oíu unhas risas que se dirixían cara a el. Non vía nada, agás unha luz avermellada, até que se decatou de que tiña os ollos pechados, tan apertados que nin doían. Cando os abriu, alí estabamos Dimas, Xaquín, Turi e mais eu, rindo ás gargalladas.

—Imos ver que cazaches —dixo entre risas Dimas apuntando coa lanterna o saco.

—Abre, abre —cominou Xaquín.

—Pegáronseche as mans á tea? —inquiriu Turi.

Manolito abriu o saco de modo que a luz da lanterna iluminase o interior. Asomouse amodo a aquel pozo de tea e, cando viu a morea de pedras que había dentro, a súa cara palideceu aínda máis do que o fixera co vómito. Os catro da cuadrilla rompemos en francas gargalladas, deixamos a lanterna acendida no chan e afastámonos correndo, collidos das mans, mentres cantabamos «Biosbardo, vente ao fardo. Biosbardo, aquí te agardo», unha vez e outra, no medio da noite do 16 de xullo de 1936, acompañados por un coro de ras croando de fondo.

Dous días despois, o dezaoito de xullo, os maiores andaban nerviosos e alborotados. Se algún de nós preguntaba, recibía respostas evasivas, pero aínda así oíanse frases soltas das conversacións en voz baixa entre adultos.

—Din que un tal Franco levantou o exército contra a República.

—Que fusilaron a todos os membros do Concello.

—Hai quen di que estamos en guerra.

—Non, non, que Franco fusilou a todos os do Goberno, concellos e deputacións, e vai restaurar a monarquía...

Cando os cativos da vila fomos á escola sorprendémonos da indumentaria de don Manuel. Con camisa azul, gravata negra, chaqueta gris, unha boina vermella na cabeza, dous tirantes de coiro (dun dos cales colgaba unha pistola), botas militares altas cos pantalóns empenados dentro, un xugo e unhas frechas, en vermello, bordados no peto da chaqueta, luvas de coiro negro e unha mirada desafiante, máis desafiante ca de costume. Parecía que, tal e como iamos entrando, as paredes da aula comían os sons que das nosas bocas abertas e estupefactas saían, facéndose un silencio súbito, coma se o marco da porta absorbese os ruídos de inmediato. Manolito sabía de memoria o discurso que viría, e que eu anotei como puiden, tantas e tantas veces ensaiado polo seu pai fronte ao espello, esperando que chegase aquel momento triunfal.

—*Quiero que me presten mucha atención. Después de lo que les voy a contar, la escuela permanecerá cerrada hasta nueva orden.* —Un murmurio de fondo, apenas audíbel, percorreu a aula—. *Hoy es el primer día de una nueva era. Una nueva España renacerá de las cenizas de la barbarie y del comunismo. Se alza hoy contra el Gobierno traidor, inepto, cruel e injusto que la conduce a la ruina, un grupo de españoles, soldados unos y otros hombres civiles, que no quieren asistir a la total disolución de la Patria. Cuando lo permanente mismo peligra, ya nadie tiene derecho a ser neutral. Es entonces cuando ha sonado la hora en que las armas tienen que entrar en juego para poner a salvo los valores fundamentales, sin los que es vano simulacro la disciplina. Y siempre ha sido así: la última partida es siempre la partida de las armas, pues no hay más dialéctica admisible que la dialéctica de los puños y las pistolas cuando se ofende a la justicia o a la Patria.*

»*La Patria es una unidad de destino en lo universal. España no se justifica por tener una lengua, ni por ser una raza, ni por ser un acervo de costumbres, sino que España se justifica por su vocación imperial para unir lenguas, para unir razas, para unir pueblos y para unir costumbres en un destino universal. El Estado no puede ser traidor a su tarea, ni el individuo puede dejar de colaborar con la suya en el orden perfecto de la vida de su nación. Es necesario el sacrificio personal en aras del bien colectivo de la nueva España. Algunos sacrificios serán más dolorosos que otros, pues los enemigos de la patria se esconden bajo los mantos más variopintos, a veces en nuestros propios hogares. Pero es necesario que los primeros sacrificados sean nuestros enemigos.*

»Ustedes, como depositarios de los valores de la inocencia y del futuro, deberán colaborar en la medida de sus posibilidades denunciando a los enemigos del progreso, de Dios y de la Patria. Esa será su contribución. Oirán noticias contradictorias; sin embargo, la victoria sobre el comunismo es un hecho y todo aquel que se rebele será considerado un enemigo y, por tanto, sacrificado por el bien común.

»Váyanse a sus casas y recuerden: el diablo se disfraza de cordero. No importa que sea un padre, un hermano o un vecino, si es rojo debe ser denunciado. Niños… ¡¡¡España os necesita!!! ¡Viva España!

Saímos todos, á présa e con cara de asustados, da aula. Algúns dos pequenos choraban ante a magnitude da suposta responsabilidade que lles caía enriba e da que non entenderan nada. Os catro de sempre fomos directos á fonte, con caras de circunstancias e sen falar polo camiño. Unha vez alí, só o rumor da auga, saltando do cano ao granito reverdecido, se atrevía a cortar o silencioso rumor das cigarras. Tampouco entenderamos máis ca o esencial: pedíannos que nos convertésemos en delatores. Ía máis calor da habitual ou, polo menos, a sensación era de asfixia. Mirabámonos e non sabiamos que dicir.

Pasou Manolito ao noso lado, en sentido oposto ao habitual —é dicir, indo da súa casa cara á escola—, vestido de modo parecido a como vestía o seu pai, aínda que con pantalóns curtos e unha boina enorme, cunha caste de lenzo enrolado baixo o brazo. Dimas apenas se atreveu a preguntarlle:

—Oe, Manolito, ti sabes de que vai todo isto?

O Manolito mirouno con desprezo. A súa cara transmutada emanando odio por todos os poros. Parecía máis vello ca o día anterior. Detívose con aparato militar, dando un golpe co tacón no chan e, co queixo ergueito e a voz fachendosa, soltou:

—Isto vai de algo que seres inferiores coma vós xamais poderedes comprender. Preparádevos, porque non cabedes na nova España se non é como bestas de carga.

E proseguiu o seu camiño cara á escola con paso marcial. Nós mirámonos uns a outros, desconcertados aínda máis. Todo iso parecíanos unha broma de mal gusto. Entón intentei romper con aquela tensión:

—Que tal se imos tocar un pouco de música onda os Ferreiros? Xa que non hai escola...

—Vale! —respondeu entusiasmado o Turi dando unhas palmadas coas súas osudas mans, máis nerviosas ca alegres.

Convimos encontrarnos xunto á escola e animamos ao Xaquín a que convencese os seus tíos para que o deixasen ir. Xa que era de día... Debiamos ir buscar os instrumentos ás nosas respectivas casas e en poucos minutos volvérmonos encontrar no punto acordado.

De xeito inesperado, os tíos de Xaquín deixárono ir connosco. Non lle fixo falta demasiado desgaste de saliva para os convencer. Máis ben parecía que o querían quitar de enriba, coma se molestase na casa. Foi o primeiro en chegar á escola e tamén o primeiro en ver, colgando na fachada, en que consistía a saba misteriosa que levaba Manolito debaixo do brazo.

Estaba a miralo, estrañado do que vía, mentres fomos chegando o resto dos amigos. A min conxelóuseme o sorriso que traía polo camiño. Dimas, que xa viña con cara seria, foi o menos sorprendido. A Turi percorreulle un calafrío por todos os ósos.

No cartel que colgara Manolito, sobre un fondo de cor terra, un home forte, vestido cunha camisa azul de manga curta, cos brazos alzados cara ao ceo, suxeitaba un xugo demasiado pequeno para xuntar dúas vacas, atravesado por un feixe de cinco frechas e, en cada frecha, unha rosa: dúas amarelas, dúas rosadas e unha vermella. No peto da camisa tamén había un xugo con frechas, coma o do mestre, vermello sobre fondo negro. Na manga esquerda, cinco símbolos coma os que leva o Citroën do médico, de cor amarela. Á dereita do xugo podíase ler: «ESPAÑA TE NECESITA. ¡Alístate!».

E na parte inferior do cartel, en negro e vermello, «Juventudes Falangistas».

—Alistarse? Para que? —preguntouse Turi.

De novo, intentei conxurar o case triunfante abatemento collendo a Turi e Xaquín polos brazos e, lanzando un sorriso cara a Dimas, sinalei o camiño do río co queixo.

—Imos!

Cruzamos o río, coma de costume, e pagámoslle a cadela pequena ao barqueiro. Desembarcamos no peirao da outra beira e tomamos o estreito camiño que atravesaba o bosque. Estabamos animados polos chistes do barqueiro, sempre alegre e riseiro, e camiñabamos a bo paso. O Dimas asubiaba algunhas notas do último tema que ensaiaramos, o Turi acompañaba palmeando unha coxa e o Xaquín atrevíase a intentar seguir o asubío do Dimas. Sen dúbida, tiña bo oído musical. Mágoa (pensei).

Chegamos á casa dos Ferreiros. A porta estaba aberta de par en par, pero non había ninguén dentro. Nin Expósito nin os mestres. Un par de galiñas peteiraba no chan diante da porta, e un coello, nunha esquina do patio, repregábase sobre si formando unha bóla de pelo, asustado, como están sempre os coellos.

Demos unha volta á casa para ver se encontrabamos os irmáns no horto traseiro. Ninguén tampouco. E cando xa nos iamos, o Dimas reparou nun zapato xunto do pozo da auga. Achegouse sen dicirnos nada, asomouse ao oco e caeu cara atrás, ao chan, coma se o pozo estivese electrificado. A cor da súa cara pareceu reflectir a da herba seca.

Asomámonos os demais e a todos pareceu atacarnos o mesmo mal. Alí abaixo, no fondo, dous corpos enmarañados, ensanguentados e rotos, xacían de mal xeito...

Tardamos un anaco en recuperar algo de cor nas meixelas. Eu choraba. O Turi choraba. O Dimas non quería chorar, pero non podía evitar a humidade nas súas pupilas. Mesmo o Xaquín, que non os coñecía en persoa, estaba horrorizado.

Cando decidimos volver, con paso lento e pesado, o sol xa estaba no seu mediodía. A calor secaba, inclemente, as bágoas nas meixelas. Do chan levantábase un po asfixiante. Todo parecía detido. Chegamos con dificultades ao río e vimos a barca na outra beira, pero sen barqueiro. Decidimos dar un rodeo duns dez quilómetros até a ponte vella e tomar o camiño da ribeira, o que se usa para vendimar as viñas máis altas, as máis afastadas da auga e das barcas.

O espectáculo era demoledor. Un corpo aquí, outro alí, nos bordos do camiño ou flotando na auga do río. Non coñeciamos a ninguén, pero iso non evitaba o arrepío. Até chegarmos á ponte vimos media ducia de cadáveres. Arrancamos a correr coma se nos perseguise alguén e non paramos até Freimondi, onde o espectáculo que nos esperaba non melloraba o que deixabamos atrás. Xusto ao entrar na aldea, un camión militar, descuberto, levaba unha ducia de homes da aldea. O tío de Dimas, o tío de Xaquín e mais o meu pai estaban entre eles. Coñeciámolos a todos. Todos bos homes, traballadores do campo, afeitos a unha vida dura. E na fonte, sentado na miña rocha preferida, Manolito, aínda de uniforme, xogaba cunha pistola na man, máis grande ca el, riseiro, con cara de mala persoa, desafiante…

—Delia! Quero falar contigo!

Parecía que o Manolito tímido que coñeceramos abandonara o seu corpo para deixar que nel habitase un trasno. Semellaba que un meigallo transmutara aquela persoa posuída polo demo.

—Non teño nada de que falar contigo —dixen comezando a camiñar cara á miña casa para ver como se encontraba a miña nai.

—Creo que che convén falar comigo! —contestou Manolito.

—Se che dixo que non ten nada que dicir, é que non ten nada que dicir —interpúxose Dimas.

—Ti cala! A ti xa che darei o que mereces! —berrou Manolito, con algúns chíos na súa cambiante voz, de forma autoritaria e fóra de si.

Dimas, Xaquín e Turi fixeron o ademán de correr cara ao Manolito, cos puños pechados dispostos para a pelexa. Non obstante, o canón da pistola apuntándoos detívoos en seco. Eu, ao velo, freei tamén a miña marcha.

—Delia! Que me dis? Queres falar comigo ou non queres falar comigo?

—Que queres? —preguntei cun berro que me sorprendeu a min mesma—. Fala!

—Así non —dixo Manolito, a quen por primeira vez naquel día pareceu notárselle certa vacilación na voz—. Que se vaian eles! Ti e mais eu sos!

Indiqueilles cunha fugaz mirada aos meus amigos que aceptaba, sen deixar de mirar o canón da pistola apuntándoos. Os tres entenderon a mensaxe e marcharon, aínda que non moi lonxe. Ao pasar a esquina da casa máis próxima, acazapáronse por se necesitaba axuda. Desde alí non oían a conversación. Pero, a xulgar polas súas caras, si parecía que entendían que a min non me gustaba nada o que estaba a oír.

—Quero que sexas a miña noiva. Se aceptas, quizais podería facer algo polo teu pai, convencer ao meu e a don Domingo de que cun pouco de reeducación sería unha persoa aproveitábel. Van vir tempos revoltos e vas precisar unha man amiga. Que me dis?

Eu vacilaba entre enviar a Manolito á porra, darlle unha labazada ou marchar en silencio sen máis.

—Ademais —proseguiu Manolito— tamén está o asunto dos teus amigos. Está claro que o fillo dun roxo, aínda adoptivo, roxo ten que ser. E se non se alistan nas xuventudes do partido, están contra o partido...

—Antes de nada, aparta ese revólver. A min ninguén me apunta cunha arma.

—Non é un revólver. É unha Luger! —berrou fóra de si.

—O que sexa. Deixa de apuntarme!

—Contenta? —preguntou Manolito apuntando a pistola cara ao chan.

—Está ben... —dixen—. Dáme un pouco de tempo para pensalo, vale?

—Non o dubides moito. A saber o que tardan en xulgar e fusilar ao teu pai. Pode que mañá mesmo.

11. Historias clínicas

—Recollo a dereita, abro a dereita, vale? Imos polo terceiro, que é moi fácil. Temos a posición normal e sempre pola esquerda, porque aí está o corazón e temos puntos de enerxía que conectan cos pensamentos e as endorfinas. A saúde verase recompensada. Se estamos estresados, os músculos estrésanse e tamén a saúde en xeral.

O grupo de anciáns, en semicírculo fronte ao profesor de Tai Chi, aplaudiu con forza aquelas palabras pronunciadas cun marcado acento porteño. Eu, sentado nun banco, absorbendo os raios de sol das primeiras horas da mañá, repasaba as notas que fora introducindo na tableta, mentres fumaba un cigarro.

Nun recanto daquel parque, algunhas persoas maiores, sen disimularen a súa insularidade, preferían exercitarse nas máquinas que para ese fin adquirira e instalara o Concello. «Os homes non son unha illa.» Onde lera iso? *Rayuela*? Quen é unha illa? Recorrín a San Google na tableta. E alí estaba. No capítulo 22. Oliveira pensa mentres camiña por París: «Quen estaba de volta de si, da soidade absoluta que representa non contar sequera coa compañía propia, ter que meterse no cine ou no prostíbulo ou na casa dos amigos ou nunha profesión absorbente ou no matrimonio para estar polo menos só-en-

tre-os-demais? Andaba polas ramas, contactos de ramas e fo-
llas que se entrecruzan e acarician de árbore a árbore, mentres
os troncos alzan desdeñosos as súas paralelas inconciliábeis».
Valérie era a outredade, o istmo que me convertera en penín-
sula. Istmo esgazado mediante cesárea, deixando a península
flotando á deriva no océano do gregario, convertida en insu-
laridade saramaguiana.

Enfoquei de novo. Baixei á Terra. O resto dos anciáns, os
que non amosaban a súa insularidade de xeito tan obvio, se-
guía con atención a clase de Tai Chi que de cando en vez ob-
servaba, mentres os meus pensamentos se volvían centrar,
intentando aclarar os puntos escuros no que xa comezaba a
ser unha investigación en toda regra, máis que unha viaxe de
pracer da que pensara regresar cunhas cantas historias acerca
de *pater et patria*, do meu pai e da terra do meu pai. Como di-
xera un galego: «A patria son a terra e os mortos». Mesmo sen
urna de cinzas debaixo do brazo, aquela viaxe parecíase bas-
tante á dun fillo que peregrina á terra *mater* da patria paterna
en busca da unión definitiva entre restos e memoria.

—Coa palma da man esquerda cara fóra e o cóbado dobrado
á altura da cara, imos erguendo o brazo por enriba da cabeza.
Se podemos facer unha torsión do plexo solar, moito mellor.
A outra man mantémola coa palma mirando cara o chan, o
brazo estirado sen forzar. Ao baixar o brazo esquerdo vou bus-
car amodo a outra man e poño as dúas en posición de prato,
cara enriba, flexionando un pouco os xeonllos.

Aquela voz monótona e rechamante empezaba a me poñer
nervioso e ameazaba con arruinar a, até daquela, pracenteira
dixestión das torradas con requeixo e mel da terra —«Cultívaa
un perito agrónomo de aquí perto, *mi amol*, o mellor mel do
mundo», dixera a Yairelys, a caribeña camareira do bar da
pensión— cunhas rodelas de kiwi por enriba salpicadas con

canela. Unha combinación que me parecera moi acertada. Así que, antes de que me afectase ao estómago, apaguei a tableta, gardeina, xunto co móbil e o tabaco, nun pequeno bolso acabado de adquirir, e afasteime do parque dando un paseo pola parte peonil do municipio, arredor do edificio que albergaba o Concello, para me achegar devagar á parada de taxis e ter tempo de pensar que enderezo lle indicaría ao sempre disposto Carlos.

O acceso ao vello cacique Lamela parecía complicado. Se me presentaba, sen máis, en Santiago, corría o perigo de non ser recibido e facer a viaxe en balde. Para facer turismo pola fachada do Obradoiro sempre tería tempo. E antes tiña que conseguir o enderezo. Aínda que esa parte era a que me parecía máis doada.

En canto aos meus tíos, medio irmáns do meu pai, se eran tan pequenos cando el se foi para sempre, non recordarían cousa. E o que recordasen estaría peneirado pola inocencia da mente infantil, malia a posibilidade de que coñecesen outras persoas algo maiores e mellor informadas.

Parecía cada vez máis claro que a única persoa que podía achegarlle algo de luz á historia, por ser tamén protagonista dos acontecementos, era o iluminado de Xaquín. Non podía pospoñer, polo tanto, unha entrevista con el, fose onde fose que puidese levar a conversación.

Xusto cando divisaba a Carlos, de pé xunto ao seu branco taxi, as miñas entrañas comezaron coa afinación de instrumentos previa a un concerto. Foron uns poucos gorgolexos, pero non facían presaxiar nada bo. Estou afeito a eses avisos, pois un dos meus puntos débiles sitúase entre o Cardia e o Recto, e é moi sensíbel aos cambios de dieta. Cando apenas percorrera a metade dos poucos metros que me separaban do taxi, os meus intestinos xa empezaban a ensaiar a abertura.

Antes de que empezase o concerto debíame apresurar para chegar ao taxi o máis cedo posíbel. Acelerei o paso, abrín a porta traseira e introducinme ás présas no vehículo dicindo:

—Léveme a un médico, rápido! —mentres outra quenda de gorgolexos apagaba a miña débil voz.

—Consecuencias do cambio de augas? —dixo Carlos como resposta.

—Supoño —respondín de forma inaudíbel.

—Eu non vou nunca ao médico. Se teño algo, xa mo dirá o forense —sentenciou Carlos Díez.

E despois desa frase saltou ao interior do seu centro de traballo rodante, xirou a chave de contacto e cravou o seu pé dereito no acelerador até todo o que deu de si o pedal metálico.

Aos cincocentos metros, unha brusca freada e unha manobra de aparcamento á americana indicaban que chegaramos ao noso destino.

—O único médico privado está aquí. Ou podemos ir ao centro de saúde, na outra punta da vila —dixo Carlos, dando a entender que esa sería a súa preferencia.

—Aquí está ben —dixen apertando todos os músculos do meu corpo.

Na porta do edificio, de recente construción, unha placa dourada indicaba a existencia da consulta médica:

Dr. Farid Shemir Maizan
Medicina Xeral
1º 1ª

Pulsei o timbre mentres dobraba e estiraba, con ritmo acelerado, o xeonllo esquerdo. O que o doutor que estabamos a punto de visitar, ou un dos seus colegas, chamaría a síndrome da perna inqueda. Soou o zunido que indicaba que a porta podía ser empurrada e, reaccionando a esa forza aplicada sobre ela, abrirse. Agradecín a existencia de ascensor. Se tivese que subir polas escaleiras era case seguro que non chegaría ao primeiro andar en condicións de ser visto nin ulido.

Antes de que a enfermeira dese aberto a porta de entrada todo o que o batente permitía, xa me atopaba dentro buscando, suorento, a porta do cuarto de baño. «A segunda pola esquerda...» Ao abrir a segunda porta pola esquerda do corredor, o meu corpo enteiro perdeuse na escuridade do cuarto que aquela preservaba de ollos alleos, pechei de golpe, e deille renda solta ao concerto intestinal cun movemento belabartokiano, *allegro ma non troppo*, con retallos de Sonic Youth e de *Metal machine music*.

—Síntoo. O cambio de augas —oín a Carlos escusarse coa enfermeira.

—Non te preocupes, Carlos. Todos os veráns son uns poucos os que veñen por aquí con ese cadro —dixo a enfermeira quitándolle importancia ao asunto—. Séntate na sala de espera até que saia. Tedes sorte. Hoxe aínda non veu ninguén.

—Pois se non hai ninguén, e non che importa, facémonos compañía mutua na recepción.

—Se non che importa a ti que mentres tanto vaia introducindo datos no ordenador... —dixo a enfermeira dando media volta e camiñando cara á cadeira na que se ocupaba de teclear nunha base de datos as citas e as historias clínicas dos pacientes.

Volvín xerar o inconfundíbel son de descarga dunha cisterna, a continuación o dunha billa e despois o motor de avión dun secamáns eléctrico. Cando este cesou, abrín a porta e saín a me enfrontar co mundo coa cara húmida, aliviado, moito mellor que como irrompera na consulta uns minutos antes.

—Prégolle que me desculpe —dixen mostrando un franco sorriso—, pero era unha emerxencia.

—Non se preocupe —respondeu a enfermeira—, pásalle a moita xente. Se desexa pasar á consulta, o doutor estao a esperar.

—Moitas grazas.

Entrei na consulta do doutor Shemir cunha dor aguda no estómago que me impedía camiñar con normalidade.

—Tome asento —dixo, arrastrando os eses, un corentón moi moreno, co pelo negro azulado peiteado cara a un lado.

—Bos días.

—Prégolle que desculpe a desorde do *resibidor*. Estamos *fasendo limpiesa* de todo o que había na consulta do meu *antesesor*, o Doutor *Fransisco Sebreiro*. Cambiamos a consulta a este local máis moderno e, polo tanto, máis... como se di... cativo, e sóbrannos todos os papeis que se foran acumulando durante anos. A explosión da burbulla inmobiliaria deixounos este piso a moi bo *preso*.

—Xa vin as caixas aí fóra cheas de libros...

—Libros obsoletos, papeis de nin se sabe cando, historias clínicas, actas de *defunsión*... Pasamos a unha base de datos as actas de *defunsión* e as historias de xente que segue viva... O demais sóbranos.

—Herdou vostede a consulta?

—Non. O doutor *Sebreiro* xa hai anos que morreu. A súa viúva alugaba o local a bo *preso* e como sitio para *empesar pareseume* ben. O seu *asento é fransés*, non? *Fasendo* turismo?

—Si, até hoxe intentaba facer turismo.

—Ben, ben, dígame vostede entón, como estamos?

—Pois... ben con efe...

—Con efe? Non entendo...

—Con efe de fodido! Teño unha serpe nos intestinos e unha

billa aberta no sitio de sentar.

—Ahhh! Que singular humor tan galego para un *fransés*!

—Aprendín dun amigo...

—O máis *siguro* é que se trate dunha gastroenterite. Voulle *reseitar* un medicamento para cortar a diarrea, e ten que *faser* dieta estrita. Nada de graxas, nin fritos, nin leite, nin alcohol... e, moito menos, marisco. Moita auga de *botelia*. Tome cousas *cosidas* ou á grella. E o medicamento só até cortar diarrea. Nin unha pílula máis.

—Pois vaia faena, co ben que se come aquí...

—Xa sei, xa sei. A carne aquí moi boa, e grande polbo. Todos veñen comer marisco e polbo. Pero, para vostede, prohibido durante unha semana.

—Está ben. Serei un *bon garçon*.

—Véñame ver dentro de sete días. Se ten calquera problema, pode vir antes ou chamarme ao móbil —recomendou o doutor estendéndome unha tarxeta e mais a receita de Defecol que enchera mentres tanto—. A enfermeira faralle a factura se non ten vostede inconveniente.

—De acordo, doutor. *Merci beaucoup*.

Ao saír ao recibidor vin a cara de circunstancias de Carlos aturando unha interminábel lista de queixas da enfermeira. Os seus ollos suplicaban que alguén o rescatase daquela interminábel peroración.

—... e claro, que pensa?, que son a señora da limpeza? Dúas semanas levo metendo libros e cadernos en caixas. Dúas semanas! Coma se unha non tivese máis traballo que facer. Pero, claro, como estamos en crise, temos a escusa perfecta para non contratar alguén que faga a limpeza... e eles a cobrar, e ben que cobran por te saudar e facer unha receita... e anda que non pesan os libros... Como vou baixar todo iso ao colector eu soa?

—Que tal? —díxome Carlos para cortar aquel monólogo, nun ton que case parecía que quixese darlle un grande abrazo ao heroe salvador—. É grave?

—Non é nada grave. Grazas. Será tan amábel de facerme a factura? —pregunteille á enfermeira.

—Por suposto. Non é vostede de ningunha mutua?

—Non. Non son. Pagarei *en cash*.

—Non ten ficha aquí, verdade?

—Pois tampouco. É a miña primeira vez...

—Terei que abrirlle unha... Nome?

—César Pérez Acosta.

—Enderezo?

—O enderezo de aquí ou de París?

—O que vostede me queira dar.

—Estou na Pensión Santa Lucía, un pouco máis arriba...

—Documento de identidade?

—O pasaporte. H125087946.

—Data de nacemento?

—13 de abril de 1967.

—Lugar de nacemento?

—Bos Aires, Arxentina.

—Pois xa está. A ver se quere imprimir a impresora, que co po que gardaban os libros parece que se volveu un pouco parva... Pois vaia, non quere.

—Se me permite, algo sei de informática —ofrecinme.

—En serio? —preguntou a enfermeira debuxando un amplo sorriso.

—En serio.

Collín o rato, afastando a man da enfermeira con delicadeza. Observei a cola de impresión, busquei a icona que daba a orde de limpar os cabezais e, tras algunhas idas e vindas destes por dentro da impresora, depositouse a factura na bandexa destinada para min e paguei a cantidade que aparecía no bordo inferior dereito, en grosa, impostos incluídos.

—Se quere, entre Carlos e mais eu baixamos esas caixas ao colector de papel.

—Deixe, deixe, xa o farei eu. Á fin e ao cabo, cobro por facelo e xa fixo vostede bastante.

—Non se preocupe. Non é molestia ningunha. Teñen pinta de ser moi pesadas e nós os dous podemos con ese peso. Ademais, habendo ascensor é moito menos esforzo.

—Ai, que amábel é vostede! Agradézollo moito.

—Carlos, pode coller esa caixa? Eu baixarei estoutra...

Ao chegar á rúa, Carlos dirixiuse cara á dereita, cara ao colector azul máis próximo. Non obstante, detíveno indicándolle o maleteiro do taxi.

—Caben aí?

—As dúas?

—As dúas.

—Supoño que si, pero que...?

—Vostede fágame caso e logo explícollo. É posíbel que á enfermeira lle dea por mirar pola ventá para comprobar que tiramos todo isto. Información sensíbel. Abra o maleteiro, metemos as caixas, collemos uns cantos libros e imos correndo ao colector a tiralos. Pero que sexan libros. Cadernos non!

Unha vez efectuada a operación, e xa no taxi, mentres ambos sacudiamos a invisíbel lexión de ácaros que sen dúbida invadía as nosas mans, indiqueille a Carlos que me levase a un sitio solitario en que houbese colectores de papel.

—Podemos ir ao campo de fútbol. Ao lado está a piscina municipal. A estas horas seguro que non haberá moita xente. Adoitan ir máis cara ao mediodía, cando o sol quenta de verdade.

—Pois ao campo de fútbol. Pero antes pasamos pola farmacia.

No campo de fútbol non había ninguén e na piscina apenas un par de familias empezaba a tomar posicións coas súas toallas sobre o verde céspede circundante. Carlos aparcou xunto a uns colectores, na parte do campo de fútbol máis afastada da piscina. Un sitio discreto. Ideal para revisar todo aquel material sen ser vistos. Aproveitei unha fonte para lavar as mans e tomar a pastilla que había de pecharme a billa escatolóxica.

—Os libros non me interesan. Baleiramos as caixas e volvémolos meter nelas. Cando volvamos á vila, tirámolos no colector que hai ao lado da consulta. O que quero revisar son os cadernos.

—E que espera encontrar?

—Historias clínicas. Aí estarán, con sorte, descritos os problemas de saúde do meu pai e da xente que conviviu con el. É unha forma de describir unha vida. Sobre todo, porque tamén describe as mortes...

—Entendo. Quere saber como morreu Delia, o pai de don Manuel Lamela, os amigos do seu pai... É iso?

—Iso mesmo.

—E de que lle vai servir?

—Non o sei. Pero na consulta ocorréuseme que este material non o encontraremos na Wikipedia. Pode que non sirva de nada. Pero teño o presentimento de que aí podemos atopar pistas, que entre todas as actas de defunción e os libros de garda haberá algo, algún indicio, que me diga cal é o próximo paso que debo dar. Se o meu pai se foi en 1949, creo que deberiamos comezar por 1951 indo cara atrás...

—Pois imos a iso, que aquí hai traballo de sobra.

Unha vez separamos os libros dos cadernos e folios soltos,

devolvemos todos os tomos ás caixas de cartón. Quedaba entón a tarefa de revisar todo aquel material folla por folla. Dividimos os cadernos en dous lotes, un de 1952 en diante, outro de 1951 cara atrás, e tomamos asento nun banco público para comezar a realizar un exercicio de lectura rápida con estes últimos. Os folios soltos formaron unha morea máis pequena, cunha pedra enriba para que non voasen. Extraín un cigarro do paquete, co ritual habitual, e prendinlle lume, recostándome contra o respaldo do banco, disposto a unha longa sesión de lectura.

Carlos tomou o caderno de 1950. Eu o de 1951. As páxinas íanse sucedendo, cheas de interminábeis listas de nomes, ás veces só siglas, cunha pequena descrición da doenza e o medicamento receitado. Cando se trataba dun deceso, o médico debuxaba unha cruz negra na marxe esquerda da folla, entre a data e o nome. Nalgúns casos anotaba algunha indicación semellante a «Deixa viúva e catro fillos». Noutros non había mención ningunha. Se o defunto era un menor de idade, a cruz debuxada era máis pequena e sen grosa (o médico conseguía o efecto de letra grosa pasando unha vez e outra a pluma sobre a mesma cruz xa debuxada). Cando o nome do menor era N. N., non había referencia ningunha á familia, nin polo apelido nin polo alcume.

—Parece que †N. N. corresponde a bebés «non natos», supoño que partos prematuros, abortos espontáneos... —conxecturei.

—†BSE-GC repítese moito. Que significará? BSE non se me ocorre que poida ser... GC podería ser Garda Civil, non?

—Haberá que contrastalo con algunha morte coñecida ás mans da Garda Civil... Tamén poderían ser as siglas de Gonzalo Carballeira...

—Ou de Gabriel Castro...

—Ou de Gustavo Comesaña...

Tardamos perto dunha hora en acabar de revisar os cadernos deses anos, pero non atopamos nada que nos parecese destacábel. Aínda así, xa comezabamos a estar familiarizados coa notación do médico e as claves que utilizaba, o que nos confería certa axilidade na arte de pasar páxinas mentres se realiza unha lectura en diagonal. Amoreámolos a un lado e continuamos con outros dous: 1948 e 1949.

—Aquí hai un papel dobrado entre dúas follas —dixo Carlos mentres o abría. Entre xuño e xullo de 1948.

Apreciado Doctor:

Agradeciéndole de antemano su colaboración, todos estos años, en la ardua y fatigosa lucha contra los delincuentes escapados al monte, permítame informarle, mediante la presente, de la captura y muerte de cuatro bandoleros del llamado Destacamento Aviador gracias a los inestimables detalles aportados por H, el miembro de la Brigadilla infiltrado.

Por desgracia, uno de los finados era Eduardo Prieto, el enlace que más creía en la filiación de H y en la suya de usted, como amigos de la guerrilla. Los otros, en contrapartida, eran el peligroso anarquista Álvaro Antón y los dos marxistas Ramiro Carude y Ceferino Lourido.

Pudieron escapar tres de los asesinos: los conocidos como Aviador, Billares y Trosky. En la guarida de los criminales se ha hallado abundante documentación que permitirá, sin duda, dirigir otros servicios encaminados a la liquidación total de los bandoleros.

Le solicito que continúe en su papel de amigo de los bandoleros todo el tiempo que pueda, sin desfallecer. La nueva España necesita servidores fieles como usted.

Atentamente,

M. L.

¡Viva España! ¡Viva Franco!

—Vaia, vaia co doutor. Así que era quen facía de Celestina entre as toupas e mais o enlace! O médico dos pobres, coas mans tan ensanguentadas coma o que máis... —dixen serrando os dentes.

—Estráñalle? Quen mellor que un médico para inspirar confianza? Non esqueza que aquí os médicos sempre foron unha institución... Por outra parte, os que non colaboraban xa se podían despedir de exercer a profesión, como lle pasou a máis dun.

—Aparece Eduardo Prieto na lista de defuntos? —cortei para impedir un debate que se podía eternizar.

—A ver... «7/10/1948 †BSE-GC – E. Prieto (deixa viúva e un fillo). Causa da morte: causas naturais.» Será este?

—É moi probábel. Aínda que a causa da morte é como dicir que *morreu de morte*, iso confírmanos que as siglas GC corresponden á Garda Civil e BSE podería ser algo así como Brigada de Servizos Especiais. Aínda que non estou seguro de que utilidade pode ter esa pista. Haberá que ver se hai máis papeis dobrados que nos completen o crebacabezas.

—O mesmo día 7 de outubro do corenta e oito, e coas mesmas siglas †*BSE-GC*, aparecen «A. Antón, R. Carude e C. Lourido», todos mortos «por causas naturais». Está claro, non?

Gardei a carta no bolso e proseguimos o exame dos cadernos. Nunha lectura tan rápida e carentes de pistas que nos levasen a buscar datas ou nomes concretos, temía pasar datos importantes por alto. Por iso tiña a idea de levar os cadernos ao meu cuarto da pensión para poder repasalos con máis detemento con posterioridade.

—«1/7/1949 †Delia Blanco. Causa da morte: aborto espontáneo con complicacións. Acode á consulta polo seu propio pé, acompañada por M. L. e H.» Será a Delia de que falaba o meu pai? E fíxese, a continuación, «1/7/1949 †N. N.», sen especificar nada máis... Despois xa non hai ningunha nota até o 15 de setembro. Marchou de vacacións?

—Naquela época ninguén de por aquí collía vacacións...
Poucos as collen hoxe...

—Entón houbo dous meses e medio en que a xente estivo
sa!

—Ou ían ao outro médico.

—Aínda temos demasiadas incógnitas por despexar, moito
que simplificar. Ben, creo que por hoxe abonda coa lectura.
Imos gardar todo isto, tirar cos libros e despois léveme a co-
mer a algún sitio de réxime antes de lle facer unha visita, esta
tarde, ao Xaquín.

—Réxime monárquico ou réxime republicano?

—Non me sexa graciosiño...

—Pois outro réxime vaille ser difícil.

12. Xaquín

O balcón do Club Náutico permitía tomar un bocado gozando da paisaxe fluvial, as viñas ao fondo, unha regata de pequenas embarcacións de vela, algún que outro esforzado remeiro en *kaiak* e un mozo aceitoso que se lucía a alta velocidade en moto náutica, forzando o bambeo involuntario das embarcacións de vela e as canoas.

Na mesa, sobre un mantel de celulosa bailando ao ritmo da lixeira brisa, ofrecíase ao ceo da boca unha variedade de porcións: empanada de zamburiñas ao pesto, tostas de prensados con aceite de pemento, presa de porco celta, pementos de Padrón recheos de cebola acaramelada e noces... Un luxo que decidín regar cun cava rosado chamado Salvatge, de sabor e burbulla finos, que resistía con boa nota as comparacións con *champagnes* franceses de similar tonalidade.

Pedimos unha segunda botella para acompañar a miña troita e o anguiacho de Carlos, que me resistín a probar.

—Son de mente aberta, mesmo no referido á cultura culinaria, pero serpes e insectos non entran na miña dieta.

—Non é unha serpe. É un peixe...

—Unha serpe de auga, ao cabo.

—É capaz de comer un caracol e non pode catar un peixe?

—O cava Salvatge acabouse, señor —chegou, providencial, o camareiro—. Podémoslle ofrecer un Pinot Noir doutra marca, se non ten inconveniente... Pechamos a finais de mes, por falta de clientela, e xa non repoñemos existencias.

—Non hai problema. É unha verdadeira mágoa que pechen, co ben que se come aquí...

—Coa crise están a pechar unha chea de estabelecementos.

As dúas últimas copas acompañaron unhas filloas con chocolate e nata que devoramos en dous pestanexos. Pensei, por un segundo, en cal sería a conexión histórica desta sobremesa primitiva cos *krampouezh* bretóns ou os *palačinka* checos. E como foi que os franceses nos fixemos os amos dela, de xeito que en todo o mundo é coñecida coma *crêpes*. Aí o Carlos non tivo nada que dicir.

Despois do café (e os consabidos licores enxebres), saímos pasear polo embarcadoiro mentres fumaba un cigarro golpeado e virado, coma de costume.

—Menos mal que o restaurante era de réxime!

—É. Estes sempre son afectos ao réxime. Ao réxime que toque en cada momento.

—Ou sandar ou rebentar. Revolucionemos o réxime. Como moito, terei que correr até detrás dunhas matogueiras. De momento parece que me sentou ben...

—Mentres non beba auga non terá problemas.

O paseo foi curto. O sol estival cauterizando as nosas testas non invitaba a longas camiñadas. Axiña nos atopamos, sen previo acordo, dentro do coche, con todas as portas e xanelas abertas e o aire acondicionado soprando a toda máquina. Non había unha sombra na que se abeirar.

—Imos ver ao Xaquín. O aire, ao circular, refrescaranos.

***

A casa de Xaquín quedaba apartada do núcleo máis denso

de poboación, máis perto do río. De granito escuro, contrastaba na súa degradación coas casas rehabilitadas dalgúns indianos. A pesar da calor, saía fume da cheminea. Era unha casa pequena que aínda conservaba a porta dividida en dúas metades, o que permitía ter a folla superior aberta para que circulase o aire, mentres a folla inferior, pechada, impedía que escapasen os animais.

Pola metade aberta da porta víase, de fronte, unha escaleira de madeira que levaba ao piso superior, e á esquerda desta, un espazo que se debeu destinar a corte, sen dúbida moi modesta, moitos anos atrás. Golpeei cos cotenos na parte inferior da porta.

—Non hai tanto tempo, a xente entraba dentro, con coidado de que non escapase ningún animal, e berraba cara ao piso de arriba para anunciar a súa chegada. Respectando, iso si, a hora da sesta —informou Carlos.

Volvín golpear cos cotenos sen obter resposta. Mirei a Carlos e ao atopar aquela mirada de *xa-cho-dixen*, accionei o mecanismo da cancela e entrei na casa, non sen certa sensación de violación de morada, seguido do meu taxista particular.

—Señor Xaquín? —dixen sen elevar a voz demasiado.

—Xaquííííííííín!!! —berrou Carlos.

—*Pasai, pasai* —oíuse unha voz, débil e aguda, no piso superior.

Ao rematar as escaleiras, xirando á esquerda, unha varanda delimitaba un corredor que levaba á cociña, con grandes fiestras ao exterior por onde se iluminaba a estancia. Era unha cociña das de antes, unha cociña que sobrevivira intacta á moda das cociñas económicas. Á esquerda, un fogar de pedra, ennegrecido polo fume, quentaba o caldo nunha pota de cobre da que emanaba un recendo moi alimenticio. Á dereita, xunto a unha mesa redonda cuberta cun mantel de cadros, sentábase un ancián tan redondo coma a mesa, de cabeza tapada cunha boina gris, camisa branca, igual ca o pelo, chaleco e americana negros e un caxato rústico entre as pernas, de galla cortada e algo pulida, sobre o que apoiaba ambas as dúas mans.

Ás costas do home, unha vitrina gardaba pratos e vasos. Polo resto da estancia, aquí e alá, andeis de madeira sobre os que se expoñían potas e cacharros de barro ou cerámica. E entre todas elas, dentro da vitrina, xunto ao fogar ou sobre a mesa, rasiñas confeccionadas con follas de papel nas que se podían adiviñar textos manuscritos. Un raio de luz atravesou, de súpeto, o meu cerebro. Ras! Igual que a carta do meu pai. Parecía claro que aquel home aproveitara as cartas recibidas para crear, con meticulosidade, aquelas rasiñas. Pero non podía ser coincidencia. Tiña que se tratar dalgún tipo de xesto entre colegas ou unha consigna ou algo polo estilo.

—E vós... quen sodes? —inquiriu Xaquín.

—Boa tarde. Chámome César Acosta. Son fillo de Dimas Pérez Diéguez.

—E o outro?

—Eu chámome Carlos. Son taxista en Taboadela.

—Ah, si, si, o fillo do alcalde vitalicio... Xa sacaches o carné de conducir? Ou segues de ilegal? Viñestes cobrar trabucos?

—Non, señor. Viñemos porque vostede foi amigo do meu pai, por se me podería contar algunhas cousas del —respondín.

—Pódoche contar. Até cen sen problemas. Máis diso xa me custa. De quen dixeches que es fillo?

—De Dimas Pérez...

—Se es fillo de Dimas Pérez, por que te apelidas Acosta?

—Era o apelido da miña nai.

—Entón, non tes pai?

—Si, era Dimas Pérez. Uso o apelido da miña nai porque o meu pai e mais eu tivemos algunhas diferenzas.

—O teu pai recoñeceute como fillo?

—No carné consto como César Pérez Acosta.

—O carné pode dicir o que queira. O caso é que ti non queres ser o dese carné...

—Comezo a me parecer a el.

—Terías que facer as paces co teu pai. Calquera día será demasiado tarde. Aínda que Dimas era o máis forte, seguro que non lle queda moito máis tempo do que a min me queda.

—Morreu hai un ano...

—Cago na... —Un tremor nos beizos de Xaquín indicaba que realizaba esforzos para conter as bágoas que pugnaban por saír—. Que carallada ser vellos. Aféctanos a humidade ambiental moito máis ca antes...

—Fixo vostede todas estas ras? —preguntei por cambiar de tema, intentando distraer o ancián do desgusto pola morte do seu amigo.

—Viches as miñas mans? Cres que estas mans son capaces de tratar o papel coa dozura necesaria como para que as dobras non se torzan e saia un churro onde tiña que saír un animal? Estas mans poden cociñar, varrer, fregar, cavar, plantar a horta, pero facer ras? Esas ras fíxoas unha gran muller que sacrificou a súa vida para salvar as doutros. A do teu pai. A miña tamén. Cada día traíame unha e eu funas poñendo de adorno por toda a casa. Sempre me dicía que eran un préstamo, que as coidase ben porque algún día as viría buscar. A pobre nunca puido vir.

—Esa muller era Delia?

—Esa muller é unha Dama do Castro. Cada noite, cando os soños cobran vida, sae do seu castelo de cristal, baixo da terra, arrastrando a longa cola do seu vestido branco e vén xunto da miña cama. Queda nun costado, entrelazando as mans coa miña mente, para eliminar os malos soños e convertelos en bos. Ao seu arredor brillan estrelas que van cambiando de forma, achegándose pouco a pouco á miña testa, flotando sobre ela, até que se funden nun gran punto de luz que me enche de harmonía. Cando vos erguedes pola mañá crendo que vos inspirastes, que tivestes unha grande idea, é porque vos visitou unha Dama do Castro.

—E esa dama ten nome?

—O seu nome é cousa túa. Pódeslle poñer nome ou non llo poñer. Existirá igual para ti. Aprenderache a conectar o ceo coa terra. Só tes que manter o teu corazón aberto á luz. Iluminaraste ti mesmo coa luz máis brillante que poidas atopar.

—Entón, fala vostede coa Delia cada noite?

—Non se fala cunha meiga. Se quero falar, teño que facelo cos lobos que a acompañan. O lobo estepario Turi, gardián das portas do día e o lobeto sen nome, fillo da fada, gardián das portas da noite, que é cando ela é máis vulnerábel. Os canóns de xeo destruíron ao Turi e este converteuse en lobo para evitar que a dama se conxelase. O lume do gas Helio destruíu o fillo sen nome e este converteuse en lobo para evitar que a dama se queimase. Noite e día, os lobos protéxena. Sobre todo de día, que é cando se converte nunha lavandeira. Sabes que é unha lavandeira?

—Unha muller que vai lavar ao río?

—Non unha muller calquera. Unha lavandeira é un espírito que vai lavar ao río as sabas manchadas do sangue que nunca desaparece. Pídelles axuda aos vivos para escorrer ese sangue. Sangue dos fillos perdidos, dos que nunca naceron. Pero os vivos só escoitamos os mortos que nos fan favores, non aos que nolos piden.

—Sabe vostede por que se foi o meu pai? —preguntei intentando cambiar de tema, sentíndome incómodo ante a deriva mitolóxica dunha conversación da que non entendía nada.

—Moléstache que fale dos mortos, pero queres que che fale dun deles? Mira fillo-do-Dimas. O teu pai amaba tres cousas nesta vida: a súa familia, os seus amigos e o billar. A súa familia de acollida deulle a formación que modelou o seu carácter, mentres que o mal carácter do seu pai biolóxico lle deu a rebeldía. Nos seus amigos encontrou o coñecemento do amor, tanto o amor fraterno coma o amor de muller. O billar tróuxolle a ruína.

—Nunca lle vin xogar unha partida. Aínda que unha noite que non podía durmir, baixei as escaleiras e alí estaba, só, dándolle ás bólas...

—O 21 de xuño de 1940, non me esquecerá nunca ese día, o teu pai xurou para si non volver xogar unha partida de billar na vida.

—Que pasou ese día?

Xaquín ergueu o seu pesado corpo con dificultade e comezou a camiñar polo corredor de madeira cara a unha das portas que o separaban dos cuartos da casa. Ao chegar á última porta, detívose, virou cara a nós e, cun xesto do dedo índice, indicou que nos achegásemos.

Tras da porta descubríase un cuarto cheo de móbeis: cómodas, mesas de noite, cadeiras…, e sobre cada móbel, unha cantidade inxente de ras dispostas de xeito aleatorio, aínda que non amoreadas. Xaquín achegouse con determinación cara a unha mesa de noite, apoiou o caxato nun lado, colleu tres ras coas dúas mans, coma se fosen de porcelana, montou unha enriba doutra e tendeunas cara min, ofrecéndome os batracios. Acepteinas, dubitativo, sen entender o significado daquel presente.

—Gra… grazas —acertei a dicir.

—É un préstamo. Un día reunireime coa Delia e terei que lle devolver as ras. Gárdaas até que elas che falen, até que as ras se abran e digan o que queres saber. Elas contan as cousas moito mellor do que eu as conto. Ese día volve por aquí e dareiche máis. E se un día volves e atopas o meu corpo baleiro de alma, pousaas todas na miña caixa para que llas poida devolver á súa lexítima dona. E agora, se non vos importa, teño que vixiar o caldo. Ceo pronto para non ter malos soños pola noite. Así lle aforro traballo á dama.

Descendín as escaleiras, desconcertado, coas mans estendidas cara a diante e as ras amoreadas sobre elas. Os que me dixeran que a Xaquín se lle cruzaran os cables quedaran curtos. Damas lavandeiras que teñen fillos lobos, ras de *origami* que falan… Ía ser moi difícil conseguir unha historia coherente daquel home. Pero, sen dúbida, era a única persoa viva que me podía contar a historia do meu pai. A única non. Tamén vivía Manuel Lamela. Quizais ía sendo hora de ser valente, vencer os prexuízos dun non anticipado e intentar falar co grande inimigo do meu pai…

***

Pechei o armario do cuarto da pensión tras colocar os cadernos do doutor en varios caixóns. As tres ras, na mesa de noite, miraban cara á almofada. Abrín un navegador na tableta e busquei o significado de *origami* por se tiña algo que ver con lobos ou con fadas. Nada. Só «papel dobrado». Aínda que se lle pode buscar significado espiritual, non conectaba con nada do que dixera o Xaquín.

«O un de xullo de 1949 morreu Delia Blanco.» Anotei a data na tableta, escribín ao lado «aborto espontáneo con complicacións». Nunha nova liña anotei: «Quen é H?». E deiteime esperando que unha meiga tecedora de soños me inspirase.

13. A lei do honor

—Diga? —berrou de mal humor a voz de Manuel Lamela.

—Don Manuel? Aquí Heliodoro.

—Heliodoro?

—De Taboadela dos Viños.

—Ah! Heliodoro! Desculpe, este teléfono ten máis anos que os meus ouvidos. Que conta de novo, home?

—Dediqueime a investigar o francés de quen lle falei esoutro día.

—O francés... si, ehhhmmm, si, o xornalista furabolos que andaba facendo preguntas, non?

—Ese mesmo.

—E que? Que pescudou vostede?

—Pois lle estivo en case todos os sitios. Foi moi fácil seguirlle a pista. En resumo, como a vostede lle gusta, que anda preguntando por Dimas Pérez porque semella que é fillo del.

—Uhmm, fillo do Dimas... Vostede non me dixera nada de que o Dimas tivese un fillo... Se o Dimas morreu na Arxentina en 1950, debe ser un fillo póstumo e terá agora uns sesenta anos... Carallo co semental dos collóns. E sacou algo en claro?

—Polo que ouvín, pouco máis do que sacou do Caracho. Foi ver unha medio tía, en realidade curmá do pai, a María, que era moi cativa cando pasou todo, igual que as irmás da estrada e o Caracho, que aínda non nacera. Tamén foi ver o médico de

Taboadela, aínda que era por unha diarrea, que llo saquei á enfermeira cando fun á consulta do seguro por unhas receitas. Traballan nos dous sitios, no seguro e na consulta privada. E esta tarde foi visitar o perdido do Xaquín, que lle enchería a cabeza de fadas e caralladas sen xeito...

—Está ben, está ben. Vostede cre que sería posíbel, aínda de modo remoto, que ese Xaquín falase de algo que non fose..., a ver, como o dixo..., fadas e caralladas polo estilo?

—Hai moitos anos que perdeu o testo. Deixouno en Rusia, no medio da neve. O Xaquín aguantou mentres coidou do Turi, pero fundíronselle os fusíbeis cando o Turi morreu.

—De todas formas, non hai que se confiar. Non podería arranxar un accidente como adoitaba facer hai setenta anos? Non, claro, está demasiado vello —respondeu sen agardar resposta—. O seu neto de vostede, por exemplo, non podería facer algo? Xa sabe da miña xenerosidade coa xente leal...

—Don Manuel, con todos os respectos, os tempos cambiaron e esas cousas xa non lle son tan fáciles. Amais, o Xaquín é un vello, inda que non tanto coma min, ao que calquera día levan as ánimas do purgatorio... e o meu neto é un pouco torpe pero bo rapaz. Non me gustaría enredalo nisto...

—É certo que os tempos cambiaron. Demasiadas leis, demasiado comunismo e separatismo. Con todo, está en xogo unha lei universal: a lei do honor. En concreto, do meu honor, pero tamén do seu. Se por un descoido tonto saíse á luz iso que xamais debe saír á luz, os nosos honores respectivos caerían xuntos, señor meu. Está vostede seguro da súa negativa? Non vai considerar, sequera, a posibilidade de llo comentar ao seu neto? Vivimos uns tempos incertos, si. Esta absurda democracia conseguiu traer unha crise que derivou nunha lexión de homes sen traballo, desnortados, sen faro nin guía... Estou seguro de que o seu neto, e a esposa do seu neto, saberán apreciar as circunstancias mellor que alguén que xa chochea. Non me volva chamar se non é para me dar a nova que agardo ouvir. Adeus!

14. Ras que falan

Mentres, sentado no bordo da cama, lle daba tres golpes ao primeiro cigarro do día sobre a mesa de noite, antes de xiralo, levalo aos beizos e acendelo, a miña mirada estaba absorta nas tres ras.

No lombo da máis próxima, a única palabra que se salvara das dobras e se mostraba, polo tanto, completa, era a palabra «Luís», seguida dunha coma. O resto eran sílabas illadas, signos de puntuación sen oracións que puntuar e espazos de papel amarelento baleiros, coma o espazo entre planetas e estrelas.

Apático e sen ideas, apertei o cu desa mesma ra co dedo índice e mantíveno nesa postura un momento. Cando cansei de aguantalo e de que o meu cerebro non chegase a ningunha conclusión por ese acto, deixei caer o dedo cara atrás e cara abaixo até que, liberada de presión, a ra saltou para adiante, chocou co cinceiro, e caeu co bandullo para arriba.

No bandullo podíase ler: «Onte, Dimas», e na liña inferior, «Taboa». Collín a ra, levantei a pata que cubría en parte a letra «o» de «onte» e lin «21 de». Xirando o animal de papel, seguín coa mirada a frase que continuaba polo que vería sendo a fazula da ra, até completar «21 de xuño de». O que seguía introducíase pola dobra que simulaba a columna vertebral, se é que as ras teñen columna vertebral, xusto en fronte da palabra

«Luís» que lera en primeiro lugar.

Desfixen a ra e encontreime cunha folla de papel, escrita polas dúas caras, na que se podía ler:

21 de xuño de 1940

Cando Dimas entrou no Casino de Taboadela dos Viños, saudou, coma de costume, o dono, Luís, o seu fillo Cándido e a súa filla Marceliña…

Xuntándoa cos outros dous celulosos batracios, líase o relato completo dunha partida de billar na que un tal Dimas, de dezaseis anos de idade, no medio dunha discusión, lle arreaba un golpe co taco a un falanxista chamado Expósito, pode que matándoo, e fuxía despois polo bosque. Tras lelo cun ollo pechado para evitar a comechón que me provocaba o fume procedente do cigarro que colgaba dos meus beizos, saltei da cama coma un resorte, abrín o armario encaixado no que gardara os cadernos do médico e busquei con afán algunha páxina correspondente ao 21 de xuño de 1940.

21/6/1940 †Expósito Fernández. Causa da morte: Hemorraxia subaracnoidea causada por traumatismo cranial. Traído inconsciente por H. e outros veciños. Inténtase reanimación sen éxito.

Estiven un bo anaco sentado na cama, co caderno nunha man e a cabicha de filtro queimado na outra, mirando a través do espello do armario, máis que a un mundo paralelo de conciencias alteradas, ao estilo de Lewis Carroll, a unha viaxe no tempo montado en ra, sen necesidade da máquina ideada por H. G. Wells. Despois erguín o corpo coa axilidade propia dun personaxe secundario da noite dos mortos viventes para arrastrar a miña existencia até a mesa de noite auxiliar na que se estaba a recargar a batería da tableta. Fotografei coa cámara incorporada as tres ras despregadas, por diante e por detrás, e senteime na cadeira coa encomiábel intención de reconstruír o estado anterior dos animais de papel. Tiven que recorrer a un vídeo de YouTube, abusando da pausa, para seguir os pasos, aínda coas liñas xa marcadas no papel, que me levaran ao éxito papirofléxico por triplicado, aínda que a terceira ra, en realidade, puido ser reconstruída sen eLearning multimedia.

Despois de me duchar pensaba pedirlle o Carlos que me levase á casa do Xaquín para intentalo convencer de que me prestase todas as ras dunha vez. Fotografaríaas, converteríaas en arquivos de texto mediante unha aplicación OCR, ordenaríaas e obtería o diario de Delia, quizais completo, e despois devolveríallas o Xaquín para que toda a decoración da súa vida permanecese inalterada.

Ao achegarme á parada de taxis vin que o Carlos conversaba cun cabo da Garda Civil e un varredor, ambos os dous de uniforme e da mesma idade aproximada que o taxista.

—Bo día, César. Que tal a orquestra? Morreulle o músico rebelde? Preséntolle ao cabo Lorenzo Silva e a Nuno Peneira. Este é César Acosta, fillo do Billares, o veciño de Mourelos do que vos falaba hai un anaco.

—Bo día —dixen tendéndolles a man, por orde de proximidade, ao cabo e ao varredor—. O réxime de onte sentoume de marabilla, grazas —dixen dirixíndome ao Carlos—. Parece que a orquestra ao completo se foi de xira.

—O Carlos faloume de vostede e, a verdade, estaba desexando coñecelo —respondeu o cabo.

Nuno Peneira deume unha man branda, sen abrir a boca nin variar a cara seria que xa tiña antes da miña aparición. O cabo, en contraste, era afábel e risoño, cuns enormes ollos marróns e aspecto de sabuxo ao que lle gusta a súa profesión. Andaba polos trinta e notábaselle ansioso dun destino urbano nalgunha brigada criminal que o sacase dos aburridos destinos rurais.

—Estábanos a falar da súa investigación e, a verdade, paréceme ben interesante. Se nalgún momento quere que lle bote unha man, só ten que asubiar —ofreceuse o garda civil.

—Ben, eh… Eu teño que marchar —despediuse o Nuno coa man e a vasoira en alto.

—Deica logo —dixemos os tres case ao unísono sen obtermos resposta.

—Agradézolle moito o ofrecemento, pero espero non precisar da súa axuda —dixen dirixíndome ao cabo Silva—. Aínda que polo meu traballo estou afeito a investigar o rastro de delincuentes informáticos, non é o mesmo seguir as faragullas de pan cibernéticas que unhas pistas difusas de hai setenta anos e nas que só hai un interese persoal.

—É vostede policía?

—Non son policía, non. Analista informático forense. Busco os rastros que deixan os ciberdelincuentes tras forzar un sistema alleo. As máis das veces, un traballo tedioso e repetitivo.

—Pois… coma o da policía…

—Pode ser que se lle asemelle.

—E non é así?

—Só nalgúns casos o noso traballo se volve emocionante. Hai que ser teimudo e sistemático á hora de recoller evidencias nun sistema do que se desexa realizar unha análise forense. Sobre todo, para non contaminar esas evidencias e que poidan esgrimirse como proba ante un xuíz.

—Parece de película e non entendo nada do tema. Pódeme poñer un exemplo sinxelo?

—Un día do ano 2004, chegou un axente do FBI a unha pequena vila do estado de Missouri para axudar o shériff na investigación do asasinato dunha muller, encinta de oito meses. A muller fora estrangulada na súa propia casa, a carón da piscina, e despois extraéronlle o feto.

»O axente do FBI observou que a muller tiña mechas de cabelo louro nas mans e que cortaran o cordón umbilical con moito coidado.

»Uns veciños afirmaron que viran un coche dalgunha marca xaponesa, vello e moi sucio, coas portas de cor rosa, aparcado en fronte da casa.

»A nai da muller asasinada explicou que falara coa súa filla esa mesma mañá e que esta lle contara que esperaba a visita dunha muller, procedente dunha localidade chamada Springfield, que lle ía comprar un can. A filla cortou a conversación telefónica xusto cando esa persoa chamou ao timbre da porta.

»A muller asasinada levaba un negocio de crianza de cans e era membro activo de varios foros en Internet sobre o tema. A partir de aí xurdiu a decisión do axente de chamar a un analista forense do FBI para que examinase o equipo informático da vítima.

»O analista fixo dúas copias exactas de todos os datos e etiquetou discos duros e cedés antes de gardalos en bolsas de seguridade seladas para evitar a electricidade estática. As súas análises preliminares centráronse nas conversacións mediante correo electrónico e na identificación dos propietarios das contas. Entre caixas de correo de amigos íntimos, de clientes habituais e o da propia vítima, quedou unha soa conta de correo sen identificar: fishing4kids@yahoo.us. Da correspondencia electrónica, o analista deduciu que, a priori, a propietaria desa conta, unha tal Marlene, era de Springfield. Pero en

Springfield, unha viliña de apenas 200 habitantes, só había unha Marlene. Unha anciá de 92 anos aparcada nunha cadeira de rodas.

»Entón pasou a estudar o histórico do navegador de Internet para descubrir que, a través dun dos foros sobre cans, a vítima cruzara mensaxes coa conta *fishing4kids* e que quedaran para a mañá en que se produciu o asasinato. Na caché do navegador quedou gardado un enderezo IP orixinario das mensaxes: algo parecido ao número de teléfono que marcamos para falar con alguén, pero marcado entre ordenadores.

»Nese mesmo foro, sete meses antes, o forense encontrou mensaxes da vítima anunciando que estaba embarazada, e da suposta Marlene anunciando o mesmo uns días despois. A continuación rastrexou a dirección IP para saber a que provedor de Internet correspondía.

»En tan só un día de traballo, o analista xa redactara o informe coas conclusións preliminares e a solicitude formal de revelación de identidade dese usuario para que fose aprobada polo xulgado antes de remitila ao provedor de Internet.

»Ao día seguinte xa tiñan a resposta e unha patrulla desprazouse a unha vivenda nunha vila de Kansas, cun vello e sucio Toyota vermello aparcado na porta. Ao chamar, saíunos a recibir unha muller loura cun bebé nos brazos, tremente e con cara de sorpresa. A casa estaba chea de convidados que celebraban o nacemento dunha filla do matrimonio. Con tres ou catro preguntas e, sobre todo, cando insinuaron que lle podían facer probas de ADN ao bebé, a muller derrubouse, confesou o asasinato e revelou todos os detalles. En 2008 condenárona a morte.

—Buf!!! Vaia historia!

—Pois é real. Os nomes e algúns detalles non son exactos, pero é real. E o caso é que non fixo falta realizar complicadas investigacións, probas de balística, ADN de rastros de sangue ou de cabelos..., só rastrexando unha dirección IP de alguén moi pouco cauteloso. Se se conectase desde un cibercafé doutra localidade, podería ser que non a pillasen nunca...

—E di vostede que o seu traballo e o dun investigador non se parecen? Non sexa modesto. Aquí pasan meses sen nada relevante que facer. Unha liorta nun partido de fútbol na que hai que protexer o árbitro da ira dun tenente de alcalde sen que este se ofenda, algún accidente de tráfico, case sempre por alcohol... Inicias unha investigación acerca dunhas xoias roubadas na parroquia de Piñeira e ao final colgan a medalla os da comandancia de Ourense, que é onde apareceron as xoias.

»A máis emocionante da miña carreira, foi aquela investigación sobre un porco perdido por un paisano que puxo a denuncia pensando que llo roubaran. Seguimos o rastro do porco e grazas a iso demos, no medio do monte, cun personaxe que se chama a si mesmo «o Rambo do Bierzo». Viñera cazar a estas terras, armado coma se fose gañar a guerra de Afganistán el só. Cando viu o porco, lanzou o seu Pitbull contra el e esnaquizouno ata o deixar desangrado. O Rambo ese gravou todo en vídeo para colgalo en YouTube. Ese caso si chegou a saír na prensa, pero case me dá vergoña, porque o atopamos de casualidade, aínda que rematase cunha escena de película, apuntándoo coas nosas armas para que el depuxese as súas. Non. Non son o suboficial Vilaqua ese. Xa me gustaría. En cambio o seu... Se é vostede coma Lisbeth Salander en home!

—Leu a triloxía de Larsson?

—Non. Vin a primeira película... Baixeina de Internet... —dixo con certo xesto de vergoña no seu rostro e baixando a mirada—. Teño as outras dúas esperando nun *pendrive*.

—Pois se a viu, saberá que en realidade teño pouco con Lisbeth Salander. Eu non persigo crimes, coma os axentes do CSI, nin son un hacker coma a Salander. A maior parte do meu traballo proporciónanma caralladas de adolescentes ávidos de abrir portas en muros que se supoñen sólidos, seguros e resistentes, e demostrarlle ao mundo, de paso, que son os máis *cool*, os máis hábiles e os máis listos. Ademais, en Europa, que eu saiba, aínda non hai postos específicos de forenses informáticos nos corpos policiais, salvo contadas excepcións. Quizais na Interpol...

—Certo. Na Garda Civil os corpos informáticos aínda están cheos de axentes autodidactas máis ou menos voluntariosos. Coido que este tipo de traballos se lle contratan a unha empresa como a súa. Paréceme fascinante o seu labor, aínda que a min me vai máis o traballo de campo que estar pechado nun despacho cheo de ordenadores. Ben, non os entreteño máis. Chámame o deber. Foi todo un pracer coñecelo e escoitalo. E xa sabe, se necesita algo dos corpos policiais, aquí ten alguén con moita gana de meter o fociño en asuntos turbios. Aínda que vostede o tería máis fácil se nos anos corenta existise o correo electrónico —sorriu.

—En todo caso, pasaría demasiado tempo. O rastro estaría borrado. Tómolle a palabra en canto á súa axuda. Aínda que non creo que a vaia necesitar, nunca se sabe de antemán cara a que lado virará a chave nun peche descoñecido.

—Onde imos, xefe? —preguntou o Carlos, absorto até ese momento na conversación que mantivera co cabo Lorenzo Silva.

—Á casa do Xaquín!

Polo camiño, Carlos expúxome a súa absoluta ignorancia en asuntos informáticos e o pouco que entendera da conversación. Pola miña banda, púxeno ao día do descubrimento do

contido das ras e da historia da fatídica partida de billar da
que o meu pai, Dimas, fuxira pola fortaleza e xuventude das
súas pernas e polo coñecemento profundo dos bosques da
zona. O seguinte paso sería recuperar todas as ras que Xaquín
tivese a ben nos dar sen forzar a súa vontade. Intentariamos
convencelo dicindo que a fada Delia se nos aparecera esa noite
e que a súa intención era que o fillo do Dimas custodiase as ras
por uns poucos días. E se non funcionaba, xa se nos ocorrería
algunha cousa.

15. До свидания товарищ[6]

Carlos aparcou o taxi, derrapando, na pequena eira que había xunto á casa de Xaquín, no lado oposto ao decadente hórreo que ameazaba ruína. Ao baixar ambos os dous e pechar as portas, oímos o son inconfundíbel dun motor de arranque e a súa consecuencia, un motor de explosión poñéndose en marcha. A continuación, a toda velocidade, unha camioneta con distintivos dos servizos de limpeza de Taboadela dos Viños pasou ao noso lado case atropelándonos.

—Cabróóóóónnnnn! —increpou Carlos cun puño en alto.

Mirámonos estrañados.

—Non era ese o seu amigo de hai un anaco? O Nuno?

—Si que era. Viu esa cara de alucinado que tiña?

Ao dobrar a esquina e plantarnos diante da porta, esta estaba aberta de par en par, tanto a folla superior coma a inferior. Ao pé da escaleira, un bidón de gasolina caído ía vertendo o líquido no chan, xunto ao primeiro chanzo de madeira. Erguino cun pé para evitar tocalo e para que deixase de derramar líquido inflamábel.

O corpo do Xaquín estaba derrubado sobre a mesa da cociña, a cara sobre o brazo esquerdo, asindo unha basta ra coa

---

man. Parecía que quedara durmido. Non obstante, a escorrentada do varredor e o bidón de gasolina non facían presaxiar nada bo.

—Vostede sabe tomar o pulso? —pregunteille a Carlos.

—Só o que vin facer nas películas e nun artigo sobre primeiros auxilios no *Selecciones*.

—Entón, igual ca min. Só sei que non se pode tomar co polgar.

—Non llo encontro —dixo Carlos mentres colocaba dous dedos sobre a carótide, ou perto dela.

—Eu tampouco no pulso. Haberá que chamar a unha ambulancia. Ten o teléfono do seu amigo Lorenzo Silva?

—Si. É o 112.

—Supoño que tardarán un anaco en vir até aquí. Entre gardas, forenses, policía científica e o xuíz que ordene o levantamento... Parécelle que collamos as ras antes de que a alguén lle dea por precintar a casa?

—Podemos fotografalas e deixalas onde están; ou collelas, se supoñemos que non farán preguntas e ninguén as vai botar de menos; tamén as podemos deixar e vir pola noite a fotografalas con calma. Aínda que precinten a porta, seguro que hai outro sitio polo que entrar na casa —expuxo Carlos.

—Lembre que somos testemuñas da última vontade deste home, consistente en depositar todas as ras no seu ataúde para poderllas devolver a Delia. Creo que debemos fotografar todas as que poidamos agora mesmo e pospoñer para outro momento o resto. Eu desfago e fotografo e vostede vólveas reconstruír.

—Nunca fixen unha ra de papel. Paxariñas si que fixen de cativo.

—Tranquilo, só ten que seguir as liñas. Á primeira ensínolle eu, que aprendín en YouTube. Despois xa se amaña vostede. Chame a Silva e poñémonos a iso.

Unha vez avisada a Garda Civil a través do servizo de emerxencias e adestrado Carlos para o *origami* de urxencia, impoñíase a coordinación e o traballo eficiente. A primeira ra que collín era a que tiña o Xaquín na man. No lombo líase «Dimas cativo». Estaba claro que esa ra non a fixera a mesma persoa que o resto, nin era o mesmo tipo de papel, nin a mesma letra, nin as liñas de dobra estaban aliñadas coma nas demais. Aquela ra debéraa de facer o Xaquín había moi pouco tempo. Sabía que viñan a asasinalo? Tivo unha desas intuicións nocturnas que lle daba a fada? Boteina ao peto, pois parecía dirixida a min. Cando ía coller a seguinte ra dun estante próximo, Carlos deu un berro cuxa consecuencia inmediata foi un chouto.

—Quieto!

—Que pasa?

—Cando veña a Garda Civil, é posíbel que tomen pegadas, non?

—Si. É posíbel. Non sei se terá que vir alguén da científica dalgunha vila máis grande...

—Din que no papel non quedan, pero este papel ten máis anos ca vostede e non estou tan seguro de que o po non deixe rastro da pegada dactilar. Se están as nosas pegadas por todas partes, pareceralles un conto que vimos saír unha camioneta de limpeza a fume de carozo. Eu non tocaría máis nada e esperaría a que chegue a ambulancia e a Garda Civil. Xa teremos tempo de fotografar as ras cando se vaian os da científica.

—Coma sempre, non deixa de me asombrar vostede —dixen con admiración—. Pero podería ser que lle puxesen vixilancia á casa ou que levasen todo á comisaría ou ao xulgado... Collamos polo menos as que nos caiban nos petos, sen tocar máis nada, e cando veñamos polo resto xa estarán as pegadas tomadas.

—De acordo.

Unha vez recollemos todas as ras que puidemos, centrámonos na que Xaquín tiña na man.

—Pódese ver que deixou escrito nesa ra?

—Ímolo ler mentres esperamos pola lei.

Desfixemos a ra con coidado. O estilo caligráfico era de primaria moi primaria, cun tremor senil bastante acusado. A carta, chea de faltas de ortografía que non reproducirei, dicía así:

Apreciado Dimas pequeno. Perdoa que non lembre o teu nome. Esta noite notei o meu corazón esgotado. Creo que me avisa da miña próxima mortadela, do momento de me reunir co Turi, con todos os que tinguiron a neve co seu sangue na batalla de Krasny Bor. Alí caeron por igual os rusos, os falanxistas e os que non eramos nin unha cousa nin a outra. E o sangue de todos eles era vermello. Vinte mil corpos tendidos na neve convertida en lama pola artillaría, setenta obuses por segundo, dúas horas de bombardeo, vinte mil corpos esnaquizados desde Alexandrovska até Krasny Bor. E o xeneral Infantes véndoo todo por uns prismáticos desde o seu palacete de Prokoskaia.

O que trouxen en 1943 foi unha papa onde antes tiña un cerebro. E o que encontrei aquí foi unha xente alegre nunha terra triste, máis pobre do que xamais fora. Agás os ausentes, os que tiñan fe. Eses marcharon ao monte a sufrir, a rir pouco e facer a guerra pola súa conta. Guerras e máis guerras que para nada serviron.

Reunireime, tamén, co teu pai, Dimas grande, o meu bo amigo. Quen diga que foi un covarde porque fuxiu ao monte estase a definir el mesmo. El xogou a vida por unha República que a poucos lles importaba xa. Xunto del moitos caeron defendendo unha idea, mentres a maioría do pobo pensaba que as ideas non se comen. Non creas todo o que che conten sobre o teu pai. A verdade está nas ras. E a que non está nas ras non cha contará ninguén, a non ser que emborraches a Heliodoro, o traidor, ou ao Manolito Lamela, o cacique, xusto no momento en que teñan un ataque de conciencia. E aínda así, terás que bulir antes de que eles tamén vaian para sempre ao inferno.

Reunireime tamén coa Delia, quen, sen sabelo, foi a causa última de que o Dimas fose acusado de asasinato e de que o Turi e mais eu fósemos enviados á División Azul. O cura era quen facía as listas: as de paseados, as de «voluntarios para Rusia», as dos que ían para peóns camiñeiros a facer estradas e pontes de balde, as dos destinados aos campos de concentración... Don Manuel ditaba a maior parte dos nomes desas listas: o meu tío, o tío de Dimas, o pai da Delia..., e iso só en Freimondi, unha aldea pequena. A recompensa sempre eran as terras dos que non volvían. Así se fixeron ricos e aí deixaron a súa riqueza, cando o Dimas os mandou á tumba.

Así que se Deus existe e é xusto como din, con eles irei descansar por fin. Agora sei que o Dimas xa é eterno. Que ten un fillo para rescatar a súa memoria e deixar a cada quen no seu lugar. «Avanzando vou para un ceo baleiro», a enchelo coas risas da cuadrilla, por fin xunta de novo.

Cando me atopes gustaríame que me despidas cun *dasvidania tovarich*, até logo, camarada, igual que lle dixen entre bágoas ao Turi, tendido no gris barro nevado do cerco a Leningrado, o día da súa morte nos meus brazos, partido en dous por un obús.

—*Dasvidania tovarich*, Xaquín. Boa viaxe onde sexa. Descanse en paz —dixen, intentando conter, sen éxito, a emoción.

—*Tovarich* —acompañou Carlos con voz grave.

Durante un longo instante, os dous permanecemos en silencio.

—Segundo esta carta, pode que morrese por causas naturais —proseguín coa voz rota—. E, se fose así, para que queimar a casa con el dentro? Está claro que esa era a intención de quen trouxo o bidón de gasolina. E se ese alguén soubese que a verdade está nas ras, ao atopar ao Xaquín xa morto, só tiña que levalas e queimalas por aí sen que ninguén o vise...

—Non me cadra que Nuno Peneira quixese queimar esta casa con este home dentro. Moi listo non é, e un pouco bala perdida tamén, pero de aí a se converter nun asasino... Ademais casou de penalti, ten un fillo. Non creo que se vaia meter en leas agora que por fin ten un traballo estábel e unha familia que manter.

—E se alguén llo ordenase?

—Quen lle podería mandar algo así?

—Iso é o que teriamos que descubrir. Se desde a Segunda Guerra Mundial a ninguén lle molestou o que puidese dicir ou deixar de dicir este home e, xusto agora que aparezo eu, o quixeron quitar de diante, malia non lle quedar moito tempo de vida, iso significa que a alguén lle molesta a miña presenza e o que eu poida saber.

—Ten sentido. Preguntarei no Concello quen enchufou a Nuno de varredor. Ou ao meu pai...

—Pode chamalo agora?

—Agora?

—Si, agora-agora. Creo que ese dato pode ser importante.

—Seguro que ten algunha reunión. É o que máis lle gusta.

Xa sexa con outros alcaldes ou co labrego máis humilde, sempre ten que estar reunido. É un home tan hiperactivo que se non ten ningunha reunión colle o tractor e vai facer algún traballo de mantemento nas viñas. Pero é posíbel que Celtia, a administrativa, saiba algo. Andamos xuntos uns meses e quedamos como bos amigos... xa sabe... Vouna chamar.

Mentres Carlos baixaba á rúa en busca de cobertura, fuxindo das grosas paredes de granito, verdadeiras inhibidoras de frecuencia, intentei facer de forense sen tocar nada e pisando o imprescindíbel. Saquei algunhas fotos co móbil e, por se acaso, envieinas á conta de correo como copia de seguridade. Antes de baixar ao encontro de Carlos, para esperar a Garda Civil, fun ao cuarto do fondo para comprobar que as ras seguían no seu sitio. Tomei fotografías do cuarto desde varios ángulos, gardei unhas cantas ras máis nos petos e baixei.

Cando saín á rúa, por chamarlle dalgún xeito a aquel camiño de terra salpicado de «tortas románticas», xa chegara o primeiro coche patrulla, ocupado por Lorenzo Silva e un sarxento cincuentón, corpulento, con expresión túzara, aínda que podería ser a expresión temporal de alguén que foi espertado dunha sesta ou se lle impediu dedicarse a mesteres máis elevados ca o de vixiar un cadáver mentres chegan ambulancias, forenses, xuíces, pisapegadas e demais fauna criminalística. Carlos seguía falando por teléfono, aínda que polo xeito de encaixar o teléfono entre a cabeza e o ombro e os movementos oscilantes das súas mans, dos cadrís e dunha das súas pernas, máis ben parecía encontrarse nun deses bucles de namorados consistentes en repetir «Eu máis» ou «Non, non, colga ti» até quedar sen saliva ou sen batería.

—Sarxento? Aquí César Acosta. O francés de quen lle falei polo camiño —dixo Lorenzo Silva sinalándome.

—Moito gusto —dixen tendéndolle a man ao sarxento.

—Cal é a situación? —espetou, seco, o sarxento, sen tan sequera mirar para a man tendida—. Tocaron algo? Deixaron marcas dactilares na casa?

—Verá, sarxento —titubeei—, resúmolle. Ao virar na esquina pasou unha camioneta de limpeza a todo gas e pareceunos que a conducía Nuno Peneira, aínda que non o poderíamos asegurar con total certeza. Vimos un bidón de gasolina na planta baixa, tirado e vertendo líquido. Erguémolo co pé para no deixar pegadas. Pode que tocásemos o pasamáns para subir a escaleira. Unha vez na cociña, onde está o señor Xaquín, tomámoslle o pulso, sen resultado, na carótide e no pulso esquerdo. Non creo que tocásemos máis nada. Polo menos hoxe. Entramos, como fixemos na anterior visita, sen saber que o señor Xaquín xa no estaba para recibir visitas...

—Toma nota, Silva. Despois pásalla aos da científica, cundo cheguen, se non che borrou a tinta agardando a súa chegada. Anota tamén onde viven estes señores por se é preciso interrogalos —ordenou o Sarxento, sobreactuando, para impresionar a parroquia—. Creo que é mellor que marchen. Aquí non pintan nada e serán un estorbo cando isto se encha de xente. E se non se enche, tamén. Ah, e procuren estar localizábeis. Silva! Imos enriba a establecer cal é a situación concreta.

Carlos acababa de colgar o teléfono e fíxenlle un xesto coa man indicando que me seguise cara ao taxi. Este saudou coa barbela os gardas ao pasar ao seu lado, cando se dispoñían a entrar na casa. Ao chegar xunto ao vehículo, ambos nos apoiamos nel para falar.

—Novas?

—Novas. Nuno Peneira chegou ao Concello hai un anaco dicindo que collía dúas semanas de vacacións por non sei que do seu fillo, que non se encontraba ben e tiña que cambiar de clima.

—Ou sexa, que desaparece...

—Iso parece. A Celtiña tiña moita gana de falar, coma sempre, e contoume que o contratou o meu pai despois dunha chamada telefónica que lle pasou ela. Sabe de quen?

—Tería que o saber?

—Cun pouco de esforzo podería chegar a imaxinalo. Chamou Manuel Lamela desde Santiago. Celtia pasoulle a chamada ao meu pai. E en canto colgou saíu do despacho cun papel no que estaba anotado o nome de Nuno Peneira, e debaixo, as palabras «Servizos municipais de limpeza».

—E que interese podería ter Manuel Lamela en enchufar ese home, e o seu pai en obedecer a Manuel Lamela?

—Na casa, algunhas veces, oín o nome de Manuel Lamela relacionado con actos de campaña electoral. Pode que lle fixese algún favor ao meu pai e agora pedise que se lle devolvese.

—Si. Encaixa bastante ben. Entón, se Manuel Lamela lle fixo un favor a Nuno dándolle traballo, é moi posíbel que o señor Lamela lle pedise a volta. Nuno, que saibamos, nunca rompera un prato até hoxe. E asasinar alguén a cambio dun posto de varredor paréceme excesivo.

—Díxome a Celtia que o Nuno non era capaz de atopar traballo porque é *border line*. De cando en vez contratábano, máis por pena ca outra cousa, nalgunha granxa de porcos ou de vacas para sacar o zurro co tractor e levalo a esparexer polo campo. Non creo que lle vaia iso de asasinar, pero si obedecer ordes, sobre todo se veñen do seu avó.

—O seu avó? Temos o gusto?

—Abofé. Esa rapaza é a Wikipedia andante. O seu avó é Heliodoro, o ancián co que falou vostede no Caracho, aquel ao que lle faltaba un dedo. Resulta que toda a familia estivo ligada dalgunha forma ao Concello. O pai de Nuno, José Antonio Peneira, foi contábel até que morreu, de cirrose hepática, haberá uns dez anos. Casou cunha curmá e din que por iso o fillo saíu a medio cocer.

—A ver se poñemos isto en orde. Se non lembro mal, Heliodoro dixo que fora guerrilleiro, despois garda civil, marchou á Arxentina e volveu ao pouco tempo para converterse en garda municipal. O seu fillo traballa de contábel, o que lle supón algún tipo de estudos, e o neto inútil é recomendado por Manuel Lamela para que varra as follas das árbores.

—Iso último non o sabemos. Pode que chamase para que lle desen emprego onde fose e só quedase libre o de varredor.

—*Bien, d'accord*. Irrelevante. Sigamos coas conxecturas. Manuel Lamela é inimigo do meu pai. Heliodoro tamén. Lémbrase do papel que atopamos entre a documentación do médico? O asinante, M. L., falaba dun tal H. infiltrado. Xogaría o que me sobra dunha uña a que M. L. é Manuel Lamela e H. é Heliodoro. Este debía ser o cadelo fiel de Manuel Lamela. De aí que se deban tantos favores. Agora ben, que fixo Heliodoro por Manuel Lamela como para estender a cadea de favores a toda a súa descendencia? Se Lamela lle pediu a Nuno que asasinase ao Xaquín..., cantos asasinatos cometeu Heliodoro por orde de Lamela?

—Iso nunca o saberemos...

—Ou si. Quen lle ía dicir que chegariamos até aquí?

—Aí doulle a razón.

—Despois intentaremos falar con Lorenzo Silva, a ver se sabe algo do forense, para cando está previsto o enterro e se precintaron a casa. Se non hai ninguén, teremos que facérmonos cargo das exequias. A ver se podemos fotografar esas ras

antes... Ben. Ímonos. O meu estómago está moi silencioso. Parece que as pastillas fixeron efecto. E esa polbeira que dicías?
—Imos á polbeira de Montoxo.

16. Ordes tallantes

—Diga? —aclarou a voz Manuel Lamela da forma en que un o fai cando leva sen falar moito tempo.

—Don Manuel? Aquí Heliodoro.

—Heliodoro?

—De Taboadela dos Viños.

—Ah! Heliodoro! Desculpe, este teléfono ten máis anos que os meus oídos. Que conta de novo, home?

—O paxariño xa non volverá voar...

—Así me gusta, home. Que me dea boas novas. E o seu neto, que tal se encontra?

—Marcha de vacacións. Polo que parece, algún rousinol vido de Francia botoulle o ollo.

—Vaia, home. Que mala sorte! Dígalle que vaia ás Canarias coa familia. Ten a viaxe paga.

—Vostede tan xeneroso coma sempre — dixo Heliodoro e, aínda que Manuel Lamela non o notou, na súa voz había un pouso de cansazo.

—Nada, home. Para iso estamos. *Do ut des, do ut facias.* Agora supoño que ese paxaro francés xa no terá nada que o leve deica nós, non?

—Uhmmm, quedou pendente o incendio da casa. Pero agora estalle precintada pola Garda Civil e hai demasiada xente fozando en derredor. A boa noticia é que se nós non podemos entrar na casa, o francés tampouco poderá...

—Pois haberá que arranxar iso tamén. De que é o precinto? De material radioactivo? Mire que a idade lle está amolecendo a cachola... Incendie a casa xa e que busquen despois o rastro de quen foi, cona!

—O caso é que o bidón de gasolina quedou alí, coas pegadas do meu neto...

—Cago na...! É que non poden facer nada ben? Agarde a que o seu neto teña unha coartada. En canto estea embarcado nun avión ou aloxado nun hotel e se deixe ver pola piscina ou o restaurante, vaia vostede incendiar a casa. E espero que a próxima chamada sexa, toda ela, unha boa nova —e colgou de golpe.

Heliodoro quedou un anaco co teléfono na man, escoitando o pi-pi-pi que chegaba do outro lado e pensando que aos seus 92 anos estaba demasiado canso como para lle facer cara ao vello cacique. Demasiado canso para pensar. Demasiado canso para todo...

17. Ordenador ordenando

Convertín en laboratorio improvisado a mesa auxiliar do cuarto da pensión e púxenme mans á obra na tarefa de converter as fotografías das poucas ras conseguidas en arquivos dixitais máis ou menos manexábeis.

Carlos veu ao caer o sol, case ás once da noite, para me axudar no labor. Antes pasara pola funeraria para se encargar de todo o papelame. Para capturar as ras, usabamos a aplicación da tableta que, a xeito de escáner, converte o obxecto fotografado nun documento en formato PDF.

Configurei o *widget* para que os nomes de arquivo empezasen a contar a partir do catro, tendo en conta que xa lera tres ras, e intentei seguir a orde que me pareceu lóxica: en primeiro lugar, as ras que colleramos do cuarto dos trastes, e despois, as dos estantes da cociña. O oco que deixaran as tres ras xa lidas sería o punto de partida.

Traballamos rápido e en cadea. Carlos chegou a desenvolver certa habilidade para volver deixar as ras como estaban antes do seu despregamento coa suficiente rapidez para chegar a tempo a aguantar coas mans as esquinas da seguinte ra despregada.

Ao finalizar o traballo, recollemos todas as ras, introducímolas nunha bolsa de plástico e Carlos marchou para a súa casa.

Non ceei. Bebera auga co polbo por non castigar demasiado o meu inestábel tracto dixestivo, malia as advertencias de Carlos Díez e Lorenzo Silva de que «se se bebe auga co polbo, este resucita». A teoría era corroborada polos movementos peristálticos dun tentáculo intentando saír pola parte superior do estómago cara á miña boca. Abrín o minibar e preparei un *gin-tonic*, pois todo o mundo coñece as propiedades dixestivas da tónica e a xenebra.

En primeiro lugar editei, unha por unha, as fotografías tomadas: aumentarlles o brillo e deixalas coa calidade máis decente. Botei de menos o meu ordenador portátil co que a vista agradecía non ter que realizar un sobreesforzo concentrándose naquela pequena pantalla de dez polgadas.

Ben entrada a noite, xa tiña as fotografías numeradas por orde e en disposición de ser lidas na tableta. Por sorte, a letra da Delia era redonda e delicada. Para rematar, envieinas por correo a Rolf LeNoir por dous motivos: para que xuntase todos os arquivos nun intentando darlles unha orde lóxica e, con vistas á hipotética futura conversión daquel material nun libro, por se dispoñía dalgunha aplicación que puidese traducir o texto manuscrito a texto dixital.

Preparei un segundo *gin-tonic*, acendín un cigarro e tombeime na cama disposto a ler todo o que puidese antes de que o sono me vencese, a pesar de que ao día seguinte ía necesitar ánimo e presenza para aturar o velorio do Xaquín e as negociacións coa funeraria.

18. Anacos do diario da Delia

20 de xuño de 1940

A miña casa é máis grande ca as do resto e, no canto de ter a corte no andar inferior e a vivenda no superior, ten unha parte do edificio dedicada só aos animais.

Hai un anaco saín para munguir un pouco leite. A mamá toma unha cunca quente antes de ir durmir. Desde a corte até a porta da casa o camiño é escuro. Non existe iluminación pública como si teñen, por exemplo, en Taboadela. Cando pasaba pola cancela da horta que se atopa do outro lado da rúa, case por fronte da porta da casa, ouvín un asubío tan tenue que me pareceu que unha eiruga se deslizara pola superficie dunha folla de parra. Con todo, sabedora das noticias que xa correran como a pólvora, deume o corazón que era el e detívenme. Aperteime á cancela e alí, acochado, os seus brillantes ollos de rapaciño alumeados pola lúa, estaba Dimas.

—Que fixeches? Sabes que andan tras de ti?

—Non sei nin o que fixen. Saín correndo. Non sei que vou facer...

—Mataches un xefe dos falanxistas. Din que o descrocaches. Van por ti e pode que fusilen o teu tío e o meu pai.

—Xa os fusilaron...

—Que non. Manolito preguntoulle ao pai del e díxonos que están no cárcere de Taboadela á espera de que monten unha brigada de traballos forzados.

—Merda! Ese cabrón enganoume para se burlar de min diante dos soldados.

—Tes que te esconder até que atopemos unha solución —dixen con voz preocupada.

—Irei á casa dos Ferreiros —díxome nun murmurio—. Alí ninguén vai ir buscar nada unha vez morto o seu asasino. Durmirei no bosque que hai en fronte coas mantas que atope alí. Comida creo que tampouco me vai faltar.

—Bebe un grolo de leite, que seguro que estás sen comer en todo o día.

—Grazas! Non te arrisques por min, vale? Se non teño noticias en dous ou tres días, tentarei chegar a Vigo e coller un barco para a Arxentina. Aquí non podo quedar. Ah! E non te fíes do Manolito. O tipo que matei ía vestido igual e tamén levaba pistola.

O Dimas deume un bico fuxidío nos beizos, demasiado pasadío para ser o primeiro, e saíu correndo cara ao río, pegado ás paredes coma unha sombra. Sabedor de que as conversas, sobre todo pola noite, se oían con toda claridade na aldea, debeu quedar a durmir a medio camiño, no máis espeso do bosque, e ir á casa dos Ferreiros coa luz do día para non ser sorprendido.

Entrei na casa, deixei o leite na cociña e pecheime, chorando, no meu cuarto antes de que ninguén da familia puidese ver as miñas bágoas.

24 de xuño de 1940

Todo o medo que Dimas pasara atravesando aqueles bosques no inverno, cheos de lobos esfameados e desesperados, esvaecérase, como se esfuma a néboa matinal sen que saibamos como o fai. Só o desacougaba a posibilidade de ver camisas azuis. En tres días de vida no bosque non vira persoa. Na casa dos Ferreiros había comida e mantas en abundancia e achegábase o tempo mínimo necesario para se prover de ambas as cousas. A comida, fría, para evitar facer lume.

Non sabía canto tempo sería prudente esperar a que eu dese sinais de vida. Non tiña nin idea das dificultades que podería atopar. E non se quería precipitar marchando antes de que eu puidese facer nada, aínda que era máis ou menos consciente de que cada día que pasaba sen se mover do sitio aumentaban as posibilidades de ser cazado. Unha cacería que os camisas azuis organizarían, sen dúbida, para vingar o honor dun dos seus. Incluso se estrañaba de non oír cans osmando a roupa que buscarían na casa da súa tía. A súa tía... Pobre muller, nai ao fin e ao cabo, sufrindo polo destino do seu home, sufrindo polo destino do seu fillo adoptivo...

Por un intre pensou que era San Xoán. Que pasara unha noite máxica sen se decatar. Que noutras circunstancias acendería unha cacharela xunto con todos nós, e despois iriamos por todas as casas facendo trasnadas en silencio: colocando macetas no tellado, cambiando bancos de sitio, enchendo a pía bautismal da igrexa con viño... Bromas inocentes para que as mentes crédulas as achaquen aos espíritos e ás meigas.

Pero neste San Xoán, como no anterior e mais no outro, non houbo cacharelas nin bromas nin festa. Alguén decretou que era unha festa pagá que non tiña cabida na nova España.

28 de xuño de 1940

A mañá do sétimo día Dimas pensou que xa tentara demasiado a sorte. Dirixiuse á casa dos Ferreiros coa intención de buscar algo que lle servise de macuto ou maleta, enchelo co imprescindíbel e comezar a andaina cara a Vigo. Agochándose de día e camiñando de noite, calculou, a pesar de que era un cálculo máis aventurado ca científico, que tardaría uns cinco ou seis días en chegar. Despois atoparíase co problema de embarcar sen un real no peto. Tería que traballar de calquera cousa en Vigo até ter cartos abondo para o barco. E, por último, o problema do pasaporte. Quizais sería mellor esconderse nalgún fardo e viaxar sen pagar.

Cando entrou na casa dos Ferreiros, tras se asegurar de que non había ninguén nos arredores, enseguida viu a ra que lle deixei sobre a mesa. Colleuna con ansia e gardouna na faldriqueira. Despois rebuscou nos armarios até dar cunha vella e ampla mochila militar. Colleu cantos víveres puidesen aguantar o camiño: touciño, chourizos, un queixo curado e galleta salgada, semellante á dos mariñeiros, que os Ferreiros sempre nos servían con requeixo e marmelo para merendar. Quedou só cunha manta e recolleu algo de roupa para se cambiar, sobre todo calcetíns, para que os pes non sufrisen máis do necesario. Despois foi á cociña e fíxose cunha navalla, e da biblioteca levou un mapa de Galiza e un libro de partituras por puro sentimentalismo.

Volveu ao bosque, abriu a ra e leu a miña nota: «Aquí tes algo de diñeiro. Do novo. Custoume metelo dentro da ra. Seguro que non che chega para o barco, pero é todo o que puidemos xuntar o Xaquín, o Turi e mais eu. Cando chegues á Arxentina, por favor, faime saber que estás ben. Un bico.» Gardou todo nunha das faldriqueiras da mochila e abriu o mapa para estudar o percorrido...

Se foses un diario curioso, estaríaste a preguntar como podo saber todo isto que che conto, se eu non estaba alí. Algunhas cousas seinas polo Dimas, a través de ras ou cando o vexo. Os detalles imaxínoos nun pobre intento de comezar a aprender a escribir os sucesos de forma novelada. Quizais sexa unha pretensión demasiado alta para min, pero polo menos teño que intentar non ser unha Judith Shakespeare, e creo que alguén ten que contar os feitos para que non se perdan na escura noite dos tempos.

30 de xuño de 1940

Non teño novas do Dimas. A saber por onde andará xa.

Parece ser que algúns homes fuxiron ao monte para crear unha guerrilla que recupere a República. Espero que gañen, porque, aínda que eramos igual de pobres antes e agora, e neste recuncho do mundo nunca se notou que coa República cambiase cousa ningunha, polo menos antes ninguén podía ir cunha pistola pola rúa sen que o arrestasen. Vivimos unha época de exaltación da guerra, da morte, de loita desigual. Unha época de exaltación viril coa que, porén, colabora a maioría de mulleres: as que non perderon a ningún ser querido, as que non o queren perder e as pobres ignorantes que se deixan quentar o forno polas señoronas da Acción Católica.

Pero eses guerrilleiros son poucos. Que van facer contra un exército? Se non gañan, non terei máis remedio que lle dar ese si ao Manolito para que non fusilen o meu pai, o tío do Dimas, o do Xaquín e a todos os demais, aínda que iso supoña a miña morte en vida, o meu enterro sen lápida, quen sabe se a miña tolemia.

25 de xullo de 1940

Andei preocupada polo Dimas e non teño gana de escribir. Hai tres horas que se foi. Veume ver coa noite pechada e escondino no meu cuarto. A casa é grande abondo para que non se oia nada dun cuarto a outro. E hoxe escríboche na cama. Van pensar que estou enferma, porque é xoves. E en certo modo estou...

Foi unha noite marabillosa. Sentinme todo o tempo en estado de fantasía e conexión con el. Algo difícil de explicar pero delicioso de sentir. Foi coma un longo bico que durase toda unha noite. Un bico ampliado a todo o meu corpo que me ten collida pola matriz, coma se unha man xigantesca saíse de debaixo das follas de millo do xergón e me aferrase a el.

Desde que se foi non paro de sentir bolboretas no estómago e non podo deixar de pensar nel. É iso namorarse? Querería saber canto vai durar ese sentimento e se cando pase a borracheira quedará unha vida marabillosa, só agradábel, un inferno ou unha cousa gris. E tamén saber que demo é isto. Sempre estiven namorada do Dimas e era algo latente até esta noite? Conquistoume coas súas palabras e a súa alegría? Iso non pode ser, xa pode dicirme San Pedro bendito que me leva sempre no seu corazón, que non penso que me fose conmover nin medio milímetro. Conmoveume porque as palabras dicíaas el, iso é obvio. Espero que me entendas, diario, porque non o entendo nin eu.

Necesito tempo para que todas esas partículas que agora están en suspensión ao meu redor vaian descendendo cara ao chan até confundirse co po do camiño que pisan os pés. Cando estou con Manolito, as formigas e as bolboretas foxen, pero temo que se decate de que non desaparecen eses vagalumes pequerrechos voando ao meu redor.

E se decidimos, o Dimas e mais eu, combinar o noso amor cun matrimonio por conveniencia, poderemos librarnos da culpa? Como? Polo que sei de nós, non poderemos finxir para sempre...

26 de xullo de 1940

Co estado de fantasía, que aínda me dura, non me decatei de que Dimas me deixara unha ra na mesa de noite. Creo que aínda non cho contara, pero comunicámonos por ras. Eu déixolle unha nalgún punto do bosque polo que sei que vai pasar cando quero dicirlle algo. E el tamén o fai comigo, deixando algunha ra na corte, no lavadoiro ou na adega, por onde sabe que pasarei para munguir as vacas, lavar a roupa ou ir buscar viño para a comida.

Na ra, que xa debía traer escrita, cóntame que entrou nunha partida de guerrilleiros. Que non vai fuxir. Comeza a preocuparme moito. Que sabe Dimas de facer de soldadiño? Isto está cada vez máis cheo de falanxistas e soldados. A Garda Civil segue cos seus cinco números e o cabo, e a verdade é que actúan pouco. Aínda así, é só cuestión de tempo que os cacen coma se fosen animais...

27 de setembro de 1940

Perdóame, porque hai moito que non che escribo, pero andei moi atarefada coa vendima. Este ano foi cedo. Antes diso, con todas as tarefas do campo no verán, que son moitas. E tamén facendo de «loxística» para a guerrilla. Esa palabra aprendeuma o Dimas e fíxome moita graza. Pareceume un xeneral cando me nomeou «xefa de loxística da resistencia antifascista».

Estívenlles a deixar ras con indicacións para encontrar os sitios onde lles deixo comida, mantas ou algo de viño. Tamén lles vou contando que veciños os apoian e están dispostos a axudar no que poidan e cales os delatarían.

Eles, a cambio da comida, baixan durante o día para axudar ás viúvas, os impedidos e os orfos, na sega, as patacas ou a malla. No medio de tanta xente pasan inadvertidos. E entre os que emigraron, os mozos que levaron para o servizo militar obrigatorio e os que morreron, todos os brazos son poucos para axudarse entre veciños. Cando se van, sempre hai alguén que lles dá unha escopeta de caza, un bo coitelo ou lles empresta algunha ferramenta que lles poida facer falta. O Dimas séntese afortunado porque moitas partidas teñen que entrar a roubar nas casas. Di que se han sentir moi mal roubando a xente tan pobre coma eles.

Até hai pouco estaban escondidos nunha tobeira. Non me din os lugares exactos para que non poida contar nada se un día me collen e me torturan. Rodeárona de gabias e na parte de atrás abriron unha xaneliña. Case todos os días cambiaban a parte de diante para que o sitio non fose recoñecíbel. Para que ninguén puidese dar detalles.

Mentres tanto foron construíndo a cova onde están agora. Di o Dimas que non lles falta de nada. E sorrí coma un neno cando me conta, ilusionado, que mesmo teñen unha cociña e unha cheminea que corre pegada ao chan. Queren conseguir unha multicopista, máquinas de escribir para redactar panfletos e incluso un xornal e, se poden, unha emisora portátil Marconi. Non sei por que esa marca, nin se hai máis marcas. Pero iso é o que di.

Os domingos aproveitan as campás das igrexas para facer prácticas de tiro. Iso tranquilízame, porque Dimas nunca tivera unha arma nas súas mans.

Tamén me contou que entrou na partida un tal Heliodoro. O seu nariz dille que non é de fiar, pero vén recomendado polo médico e polo enlace e ten unha historia críbel porque os falanxistas mataron o seu irmán para quedar cunhas viñas.

Pero o nariz do Dimas case nunca falla.

13 de xuño de 1941

Aínda non podo crer que os guerrilleiros leven case dous anos no monte e non os cazasen. Estou contenta. Máis que contenta! Teñen unha rede de refuxios e de enlaces que lles permitiu sobrevivir, aínda que as armas son poucas, vellas e perigosas: poden fallar ou saírlles o tiro pola culata. Hai pouco chegáronlles algunhas dun roubo na fábrica de armas da Coruña, pero todo é pouco para enfrontarse ao exército.

A Garda Civil moitas veces mira cara a outro lado porque sabe que a poboación apoia os fuxidos e porque moitos deles non deixan de ser familiares ou veciños seus. Só cando hai delitos de sangue teñen que actuar de xeito inevitábel. Tamén é certo que son poucos, están tan dispersos coma a guerrilla e o cabo que manda na dotación non é das persoas máis listas que coñezo.

Os que si premen son o cura, don Domingo, os seus catro irmáns e don Manuel Lamela. Van tecendo a súa rede de confidentes, os seus grupos de somaténs e facendo listas de persoas que logo son «paseadas» e aparecen nas cunetas.

1 de setembro de 1942

Dimas deixoume unha ra que teño que pasarlle ao enlace:

> «Volto o compañeiro Dimas de se reunir coa Comisión Máxima de Guerrillas de Lugo, vemos que hai entendemento no referido ás sabotaxes a facer contra as centrais hidroeléctricas da zona... Enviade un camarada experto en detonadores, con tempo para dar unhas explicacións. Aquí andamos con mechas que poden fallar. A ver se deixamos toda a comarca sen luz. VIVA A LIBERDADE! VIVA GALIZA CEIBE! MORTE AO FEIXISMO!»

13 de marzo de 1943

A ponte nova constrúea unha brigada duns 100 presos. Entre eles, o meu pai e o tío de Dimas. Non se queixan. Están perto dos seus e os gardas permítennos levarlles roupa de abrigo, comida e viño. Ademais dos presos, tamén lles deron traballo a algunhas persoas da zona. Ao principio o Manolito, que é o subcontratista dun tal Sr. Marroquín, quería facer todo só con presos. Pero conseguín convencelo de que necesitan carros para sacar o entullo, cociñeiros e cousas así. Páganlles dúas pesetas e media por xornada. Non é moito, pero todo axuda a estas xentes famentas.

O Adriano, o curmán máis pequeno do Dimas, comezou como rapaz dos recados para estar perto do seu pai. Pero como lle gustan os explosivos, ou porque quere imitar ao Dimas e xogar a ser guerrilleiro, axiña se apuntou a poñer cargas de dinamita. Ao ser pequeno e espelido, pode meterse en buratos na rocha onde ninguén chega e aos enxeñeiros de Madrid failles moita graza que aquel rapaz teña tanto interese pola pólvora. En especial ao enxeñeiro que dirixe as obras, un tal Eduardo Torroja, que veu só unha vez e quedou tan encantado do Adriano que recomendou que lle dobrasen o soldo. Aínda que o Manolito, todo sorriso e «que si, que si», non lle fixo caso.

O que non saben é que, de cada dez cartuchos, o Adriano amáñase para esconder un nalgún dos carros que saen con entullo. Nalgunha curva do camiño espera un enlace da guerrilla para recoller o cartucho que podería servir para futuras sabotaxes.

É un traballo moi perigoso. Coa humidade que hai, os cartuchos súan. Non son nada de fiar. Moitas veces non estouran e hai que volver intentar a explosión con outra carga.

2 de maio de 1943

Perdoa, querido diario, que te tivese abandonado tanto tempo. Nin sequera puiden contarche que accedín a casar con Manolito. Non podía... Foi o 14 de abril. Unha voda triste, sen os meus pais nin os meus amigos nin os pais dos meus amigos. Agora vivo con el nun chalé e teño que me esconder para escribir, ou esperar a que saia de viaxe, porque é moi estrito e sei que se enfadaría. Recordas aquilo do cuarto propio? Pois nin cuarto propio nin sequera permiso para escribir. Ás veces ten uns arranques de ira que non sei eu se non acabarán mal, aínda que pegarme, de momento, non me pega. Paso máis tempo chorando que rindo. Todo sexa polos presos.

Onte marchou de viaxe para Ferrol, co seu pai, a unha reunión desas do *movimiento* ou a facer negocios ou as dúas cousas. Está a comezar a subir dentro da Falanxe e xa ten un cargo moi importante na OJE. Creo que ademais aproveitan esas viaxes para cargar o coche con material de estraperlo que despois venden a quen o pode pagar.

O Dimas pasou a noite comigo. Tiña moito que me contar, pero co pouco que nos vemos preferimos non falar e deixar as noticias para as ras. Por moi interesante que sexa o que teña que contarme, non vou renunciar aos seus bicos e ás súas caricias.

Deixoume tres ras. Unha para min e outras dúas para pasarlles aos enlaces. Di que o réxime creou contrapartidas, que lles chaman

Brigadillas de Servicios Especiales de la Guardia Civil ou somaténs, e que están compostas por gardas civís, falanxistas e antigos soldados da División Azul. Métenlle medo a quen axuda, ou podería axudar, aos guerrilleiros. Fanse pasar por fuxidos para levantar os enlaces. E procuran eliminar aos que saíron absoltos dos xulgados.

Iso é o que fan algúns dos que volveron da guerra en Rusia, en agradecemento pola paga vitalicia que lles concedeu o réxime. O Turi non volveu. Xaquín non quixo contarme como morreu. Tivo que ser algo terríbel e non o quero nin imaxinar. Desde que volveu, as *brigadillas* e os somaténs non deixan de ir á súa casa ou saírlle ao paso pola rúa para acosalo, aínda que non se atreven a ir máis lonxe porque foi condecorado como heroe de guerra na batalla de Crasnibor. El fai o tolo e cada vez o deixan máis en paz. Rinse del e insúltano, pero a cousa non pasa de aí. De cando en vez, se non me ve ninguén, lévolle algunhas páxinas túas convertidas en ras para que o Manolito non as encontre. E, ao tomalo por tolo, pode entregar as ras que están destinadas á partida sen que ninguén sospeite del.

Tamén lle pasei un libro que me deu o Dimas para que se fagan copias e o distribúan os enlaces. O libro chámase *Introducción ao vexetarismo: o allo, o limón e a cebola*. O autor é un suposto Profesor Spenza e no seu interior hai unha chea de leccións sobre fabricación de bombas e explosivos.

No prefacio di:

> «Este folleto non ten a pretensión de ser unha guía completa do artificieiro. Pretendemos con el iniciar aos profanos no uso das materias explosivas das que circunstancialmente poidamos dispoñer».

E na conclusión finaliza deste xeito:

> «Estas indicacións de elemental precisión serven para divulgar con rapidez o coñecemento e manexo das armas

e utensilios máis esenciais para una acción clandestina.

Estuda ben o contido deste folleto e trata de converterte en instrutor de aqueles que non o posúan».

Pareceume algo cómico que camuflasen con ese título un libro dese xeito, pero, ao mesmo tempo, quedoume un gran baleiro no corpo ao decatarme de que un manual que podía destinarse a matar persoas puidese facerme a máis mínima graza.

3 de maio de 1943

A semana pasada un compañeiro de Dimas, ao que lle chaman Bouzas, encontrouse con dous *brigadillas*. Parece que el os recoñeceu axiña. Eran gardas civís disfrazados de guerrilleiros.

Despois dun pequeno parrafeo, un deles intentou collelo por detrás; entón Bouzas lanzoulle unha coitelada de lado, pero foi dar na correaxe que levaba debaixo do gabán. O outro pegoulle un tiro no estómago. Despois leváreno a Taboadela e, grazas ao médico, trasladárono a Lugo. Parece que alí o trataron ben.

Ante o xuíz xurou que el cría que eran guerrilleiros. En fin, saíu polo gordo dun pelo, aínda que agora Bouzas está marcado.

10 de outubro de 1943

Querido diario, hoxe próeme a culpa. Onte á noite, despois de que o Manolito me dixese que o seu pai iría de viaxe, só, a Madrid, apañeime para escribir unha ra coa nova e deixala no xardín. Un capricho do Manolito: xardín en vez de horto, aínda que á hora da verdade non mira nunca para el. A verdade é que me encanta e me alegra cando me ergo polas mañás e miro pola fiestra. Dáme forzas para comezar o día. Agora case non hai flores, pero está cheo de plantas aromáticas.

Esta mañá chegou a noticia de que mataran a don Manuel Lamela. Aínda que non se sabe quen foi, todo o mundo fala de Dimas. Uns, polo método utilizado, negan que fose el. Outros sinálano co dedo.

Cando me explicaron que foi cunha bomba baixo o coche, deseguida lembrei o capítulo do libro de introdución ao vexetarismo que explica como construír un acendedor de tracción. Recordo ben algún fragmento daquela explicación porque me chocou que se poida falar da morte doutros cunha linguaxe tan técnica. Máis ou menos era así:

> «Emprégase este mecanismo como emboscada, introducindo o detonador no lugar da mecha e aplicando un fío metálico á argola de tracción. Atade o fío metálico á argola de tracción, estendéndoo con suavidade a través do camiño que tomará o inimigo, emprazando ou enterrando a carga no lugar onde poida causar o maior dano».

Acompaña a explicación cunha lámina na que se ven dúas árbores. Entre elas hai un fío atado, cun acendedor nun dos extremos, do que sae unha mecha *cordtex* que prenderá o cebo e mais a carga explosiva situados baixo terra. Dúas pernas camiñando cara ao fío completan a lámina.

O caso é que me sinto cómplice dun asasinato a sangue frío. Aínda que ese home sexa o responsábel da morte do Turi, da tolemia do Xaquín e da situación de fuxitivo do Dimas, da miña desgraciada voda e da desgraza de tantas e tantas xentes da bisbarra, nunca pensei que un acto meu levase ao asasinato.

O Manolito púxose coma unha fera. Nunca antes o vira así. Berraba dando puñazos nas paredes e xurando que acabaría co Dimas aínda que fose o último que fixese. Pero non mostrou mágoa pola morte do seu pai en ningún momento.

Esta noite comunicareillo ao Dimas cunha ra. Temo que comezarán a pechar o cerco.

1 de novembro de 1944

Desde a creación do Exército Guerrilleiro de Galiza, un tal Manuel Castro, que é o delegado da Internacional, quere que todos os guerrilleiros se integren nas novas partidas organizadas baixo a dirección do Partido Comunista. O Dimas non o ten moi claro. Aínda que el di que é comunista, sempre foi por libre. Os seus compañeiros anarquistas marcharán se os obrigan a actuar baixo as ordes do partido.

Ás veces o Dimas cóntame as discusións que teñen entre anarquistas e comunistas. Eles consideran tan responsábeis da derrota os ingleses e franceses coma os propios comunistas que se dobregaron ás ordes de Moscova facendo da República unha especie de colonia soviética. E, moitas veces, o Dimas, a pesar de que lles replica que García Oliver, Federica Montseny ou Cipriano Mera acabaron sendo tan autoritarios coma calquera en canto uliron o poder, confésame coa boca pequena que non ten máis remedio que lles dar a razón, aínda que non poida facelo en público, porque os poucos exemplos que coñece, como o peche de escolas racionalistas ou a disolución das colectividades por parte de Líster, son barbaridades autoritarias que nada teñen que ver co comunismo verdadeiro.

A min todo iso quédame lonxe. Boto tanto de menos a biblioteca dos profesores de música. Fáltame o alimento que me proporcionaban os libros e os bos consellos que os Ferreiros me daban. A única fonte de información alternativa que me queda, agora, é o meu queridísimo Dimas.

Unha vez confesoume, aínda que despois pareceu arrepentirse, que os anarquistas eran os verdadeiros socialistas. Que se a ditadura, a máis extrema forma de tiranía, xamais levará á liberación social, en Rusia a ditadura do proletariado non levará ao socialismo, senón á dominación dunha nova burocracia sobre a xente sinxela.

Encántame oílo falar tan serio e con ese aire de convicción. Ao cabo, sexa comunista, anarquista ou guerrilleiro a secas, sei que xoga a vida pola xente do seu pobo. Outro, na súa situación, cruzaría a fronteira xa hai anos. Pero Dimas, que sempre foi un rapaz honesto e leal, agora ademais é un home de firmes valores capaz de loitar para defendelos. Que lonxe queda aquel neno, compañeiro de xogos inocentes!

2 de novembro de 1944

Esta mañá fomos de enterro. Parece que o río das desgrazas non vai secar nunca. Adriano, o máis pequeno dos curmáns de Dimas, morreu nunha explosión na construción da ponte de Mourelos. Tiña dez anos.

Unha carga non explotou e o Adrianiño foi axiña substituíla por outra. Pero aínda non chegara cando se produciu a explosión con retardo, e estourou tamén a carga nova que levaba nas súas manciñas.

Estou moi triste. Non sei nin como tiven forzas para escribir estas letras e deixar constancia... Maldita guerra. Maldita posguerra. Maldita ponte. Malditos todos!

Descansa en paz.

12 de febreiro de 1945

A Bouzas, tras quedar *queimado* polo incidente coas brigadillas, destinárono á zona de Ferrol. Seica é do sector do partido ligado a un tal Jesús Monzón e parece que os están a depurar, porque o ano pasado fracasaron ao intentar invadir o Val de Arán, nos Pireneus. Díxome o Dimas que o que manda agora é un tal Santiago Carrillo.

As partidas estanse a militarizar con xefes e comisarios políticos. O xefe da partida de Dimas segue sendo o Aviador porque ten carné do partido, pero trouxeron tres comisarios políticos, no lugar de Bouzas e dos dous anarquistas que marcharon a Asturias na procura de guerrillas libres da disciplina do partido comunista.

Dimas comeza a se preocupar por tanta organización e tanto centralismo. Di que é un comunista de corazón, pero que tanta disciplina mata o espírito comunista.

O resto dos guerrilleiros da partida non parece preocuparse cos cambios, sobre todo Heliodoro, que a Dimas lle segue caendo mal.

30 de xuño de 1946

O cansazo comézase a notar na xente. Tantos anos de loita e moitos non lle ven saída. Os guerrilleiros andan a roubar comida e cartos nas casas máis ricas e iso tampouco axuda a que o pobo os apoie. Se non son as *brigadillas*, é a Garda Civil, os falanxistas ou os propios guerrilleiros... A xente está farta de que lles dean empurróns por todos os lados. Quen di que aquí nunca houbo guerra? Rematou a Segunda Guerra Mundial e a de aquí nunca acaba. É ben verdade que as guerras só rematan para os mortos...

Da partida de Dimas, ademais dos dous anarquistas do ano pasado, desertaron dous comisarios políticos. Dimas di que, se os ve, pégalles un tiro. Eu entendo que se cansen de loitar coma formigas contra elefantes.

20 de decembro de 1947

Onte condenaron a morte a Segundo Vilaterneiros e mais ao párroco de Muchas, que era enlace da guerrilla naquela zona. Detivérono o 26 de maio, despois da morte de don Domingo, o cura de Taboadela e de varias parroquias máis.

O Segundo viñera pasar uns días coa partida de Aviador e Dimas, como enlace entre o partido e as guerrillas. Creo que traía no peto a orde de disolución da IV agrupación. E encontrouse, sen querer, co terceiro intento de asasinato do cura. Xa houbera dous fracasos antes. O último, cando volveu o Xaquín da fronte rusa e nos decatamos de que o Turi quedara alí.

Á terceira foi a vencida. Nos Chaos, esperouno o Dimas no medio do camiño. Cando o viu chegar disparou aos pés do cabalo e, cando este recuou, había outros guerrilleiros rodeándoo.

Máis tarde, ignorante de todo, o Segundo ía polo mesmo camiño polo que viría a Garda Civil. Collérono desprevido polas costas e cargáronlle o morto porque levaba unha pistola. Despois caeu o párroco de Muchas e toda a organización de enlaces do norte de Galiza. Deberon ser terríbeis as malleiras para que cantase. Non o culpo. Non sei se eu podería soportar a tortura.

O caso é que as partidas agora teñen que se mover máis, esconderse máis lonxe e rachar cos vencellos que cada unha tiña na súa zona. Iso significa que verei menos ao Dimas. Menos aínda?

14 de abril de 1948

O mando guerrilleiro convocou unha reunión, na Fraga do Eume, de delegados de todas as agrupacións de Galiza para discutir a orde de disolución da guerrilla que chegou de Francia.

O Aviador non se fía dalgúns dos seus guerrilleiros. Demasiados fracasos e demasiados combatentes mortos como para non sospeitar dun infiltrado. Houbo unha votación para designar delegado e saíu elixido Heliodoro. Ao ser Dimas o líder dos grupos que participaron na maioría das accións fracasadas, fano responsábel e dubidan da súa integridade. Pero o Aviador apuntounos a todos e dixo que iría Dimas por designio da vangarda do proletariado. Ou sexa, el.

Non creo que isto sexa bo para o Dimas. A envexa é moi mala. Aínda que… como podería ser peor?

10 de outubro de 1948

Como cada domingo, fomos á misa. E, como cada domingo, recei en van para que a vida volva ser normal.

O Manolito vai á misa todos os días. Custoume convencelo de que me dispensase, pero ao final cedeu. Só os domingos e festas de gardar. Creo que comezo a saber usar o que as vellas chaman «artes de muller». A cambio, iso si, teño que ir cada xoves pola tarde a unha reunión da Sección Feminina. As cousas que din póñenme os pelos de punta, pero teño que disimular e ser convincente se non quero que noten que estou en contra das ideas desas bruxas ignorantes, aburridas das súas vidas baleiras, que tratan de convencernos a todas de que esas deben ser tamén as nosas vidas. O seu ideario resúmese nesta frase: «Se non for parva, que o pareza. Se o for, tamén».

[Parágrafo ilexíbel]

O xoves, Heliodoro e dous guerrilleiros máis colleron un paisano das Pesqueiriñas que ía cara ao muíño e obrigárono a ir con eles á farmacia da Amelia Ledo, dona de don José Ramón Fente, o xefe de Manolito na Falanxe, para non levantar sospeitas.

Ao entraren na farmacia atoparon aos pais da Amelia. A nai tiña nos brazos unha neta, a filla de seis meses da farmacéutica.

Heliodoro, ao non ver nin a farmacéutica nin o seu marido, pediu algo para un corte infectado para gañar tempo. O pai da farmacéutica foi ao cuarto onde gardan os medicamentos. Nese momento entrou don José Ramón. Traballaba no Concello e, nos tempos libres, botáballe unha man á súa muller no despacho da farmacia.

—Aí está o fillo de puta! —dixo Heliodoro. E, sen dicir máis nada, pegoulle un tiro.

Outro dos guerrilleiros, o Ramiro Carude, mentres lle recriminaba a Heliodoro o asasinato a sangue frío sen preguntar sequera polas armas, obrigou ao pai da Amelia a subir ao piso superior para buscar as escopetas e ver se había diñeiro. Só encontraron á farmacéutica.

—Onde están os cartos? E as pistolas? —increpouna o Ramiro.

—Non o sei —respondeu ela—. O meu home é moi reservado coas súas cousas …

Heliodoro, embaixo, impacientábase. Pasara bastante tempo. Mandou subir á María, a mai da farmacéutica, para ver que pasaba. Pasou un tempo. Cando baixou, intentou fuxir correndo coa meniña nos brazos, pero Álvaro Antón, o guerrilleiro apostado na porta da farmacia, obrigouna a entrar de novo. Ao volver entrar, Amelia tamén estaba tirada no chan, aos pés do Heliodoro, sobre un charco de sangue.

Cando todo rematou, os fuxidos marcharon por onde está a fonte nova discutindo polo que acababa de pasar. Xa era noite pecha.

Pouco antes de chegar ao refuxio da partida, o Heliodoro, que marchaba detrás de Álvaro e Ramiro, quitoulle a este a pistola e disparoulles varios tiros nas costas aos dous.

Mentres tanto, a Garda Civil púxose de camiño cara á cabana. Os catro guerrilleiros que alí estaban durmían, calmos. A noite era nubrada pero tranquila; apenas caía algunha gota illada. Nun instante o lugar quedou rodeado pola Garda Civil, que comezou a disparar e a tirar bombas de man. O primeiro en saír, nu, foi Lourido, ao que só lle deu tempo de coller un fusil e disparar cara á escuridade. Os gardas estaban parapetados tras dun cómaro e non os vía. Non tardou en caer polos disparos e as bombas.

Eduardo Prieto saíu detrás de Lourido, pero nin lle deu tempo a coller unha arma. Ao ver a cantidade de disparos, levantou os brazos para se render, pero soltáronlle unha descarga que lle deu de cheo. Din que, nada máis caer, secou a herba deixando a forma do seu miúdo corpo.

Dimas, Trosky e Aviador fuxiron pola fiestra de atrás. Ían nus e tiráronse rodando, correndo, aos tropezóns, entre os piñeiros e os toxos. As balas asubiaban perto das súas cabezas, pero non lles deu ningunha, grazas á densidade da vexetación e a que comezou a chover.

A Garda Civil levantou o cerco e foi para o cuartel, deixando os cadáveres no chan. Alí quedaron, baixo a choiva, até o sábado, cando volveron con varios veciños e un carro para cargar os corpos e levalos directos ao cemiterio.

Os tres que conseguiron fuxir escondéronse nunha cabana que construíran nunhas penas, en segredo, cando comezaron a pensar que tiñan un ou máis infiltrados na partida. Unha vez alí, tiveron unha forte discusión. A partida estaba case desmantelada, levaban loitando nove anos sen ver un horizonte claro, o Partido Comunista deixáraos tirados e obrigábaos a levar un ridículo uniforme gris cunha enorme estrela vermella sobre o corazón, baixo a que lucían as bandeiras galega e republicana, co que era doado identificalos de lonxe... Trosky anunciou que ía cear e durmir á súa casa e que pola mañá tomaría unha decisión, pero que o máis probábel sería que intentase marchar a Francia.

Cando case estaba a chegar á casa atopouse cun pobre cuberto de tea de saco que pedía un pouco de pan. Trosky seguiu o seu camiño sen lle facer demasiado caso, pois nin pan tiña. O pobre ergueuse e deulle un golpe na cabeza, por detrás, que deixou ao rapaz inconsciente. Era o Heliodoro. Despois chegou a Garda Civil para rematalo. Fixeron con el o que quixeron. Arrancáronlle as uñas das mans e os pés e moérono a paus. Pero non conseguiron que dixese onde estaban escondidos o Dimas e mais o Aviador.

Hoxe á mañá, antes de ir á misa, Manolito contoume, moi contento, que ocupará agora o cargo que tiña o asasinado don José Ramón, o home da farmacéutica.

Co corpo, coma quen di, aínda quente e Manolito non tivo nin un xesto de recordo polo finado. Parecía coma se esperase unha ocasión así. O seu sorriso e a súa alegría déronme mesmo un pouco de medo.

10 de marzo de 1949

A partida guerrilleira quedou reducida a Dimas e Aviador. Durante todo o inverno limitouse a permanecer escondida e a sobrevivir. Ocuparon o tempo fabricando algunhas bombas de *lafitte* con latas de conservas, construíndo escondedoiros alternativos e puntos de recollida de material.

Uns poucos veciños fómoslles deixando comida neses puntos e con iso foron tirando. Tamén baixou a actividade das *brigadillas* e da Garda Civil. E moitos somaténs disolvéronse. Xa non lles parece divertida a caza do guerrilleiro.

A semana pasada, outra partida composta por dous fuxidos, O Santeiro e mais o Fera Brava, deu con Dimas e Aviador, por casualidade, cando se dirixían a recobrar un cargamento de patacas que o exército lles requisara aos veciños de Vila. Entre os catro conseguiron roubalo e devolvérllelo aos veciños; así, recuperaron, ademais das patacas, algo de apoio entre a xente das aldeas.

Os *golpes económicos*, que algúns guerrilleiros soltos e abandonados se viron obrigados a realizar, crearon moi mala fama entre a xente, que xa esquecera, case dez anos despois do fin da guerra, que os guerrilleiros están aí para axudar. Chegou un momento en que nalgúns casos concretos, como consecuencia dos anos vividos coma lobos, á marxe da sociedade e seducidos polo poder que lles dá ter armas, se converteron en simples bandoleiros.

Se nos poñemos na súa pel, quen os pode culpar?

19. Rolf LeNoir

Ao ver o nome do meu amigo na pantalla do móbil e a pesar de que o que máis desexaba nese instante era unha ducha, catro cafés e un colirio que me suavizase a irritación dos ollos, non dubidei nin por un momento en contestar en francés.

—*Allô?*

—Son Rolf. Esperteite?

—Non. En absoluto. Pasei a noite lendo e relendo os fragmentos de diario que che enviei.

—Deles queríache falar. É un material excelente, un testemuño de primeira man. Ademais, ao estar escrito en forma de diario, inclúe as datas e permítenos estabelecer unha cronoloxía exacta. Poderás conseguir máis fragmentos?

—Intentarémolo nunha incursión nocturna ou cando a policía desprecinte a casa. Pero de momento iso é todo o que puidemos conseguir.

—A ver se hai sorte. Pola miña banda só puiden encontrar algo máis do Aviador, pero nin rastro do teu pai. De aí a importancia dese diario. Sabías que o Aviador estivo a loitar contra o franquismo, en solitario, até 1965?

—En serio? Tanto tempo?

—Vinte e seis anos en total. Dezaseis en solitario. Poida que desde 1949...

—O ano no que marchou o meu pai.

—Cribárono a balazos nunhas viñas e enterrárono nunha foxa común. Saíu como gran noticia en toda a prensa española, na radio e na televisión e mesmo na prensa francesa. Hai algúns anos, por subscrición popular, puxéronlle unha lápida no cemiterio dun lugar chamado A Plantada.

—A Plantada está a poucos quilómetros de aquí. A ver se me lembro de pasar a visitala. Moitas grazas, Rolf, por todo. Mantereite informado do desenlace de todo isto.

—Non esquezas facelo. Estou tan mergullado coma ti nesta historia.

20. Día de enterro

O ceo parecía poñerse a ton co día de enterro e amenceu da cor das pedras de granito que, aquí e alá, enchían de lunares os campos. Non tanto coma para que baixasen as temperaturas, pero si dándolles un respiro ás esgotadas glándulas sudoríparas, cargadas de traballo, en exceso, os días anteriores.

Soaban, pausadas, as campás da igrexa parroquial de Freimondi mentres longas fileiras de persoas desfilaban desde a leira habilitada como aparcadoiro provisional cara á orixe do son. Nas portas de todos os bares e comercios de Taboadela, así como nos taboleiros de anuncios municipais, unha de cuxas caras se reservaba para obituarios, podíase ver a necrolóxica que anunciaba «o falecemento de don Xoaquín Mouriño Regueiro, aos 86 anos de idade, despois de recibir os santos sacramentos e a beizón de Súa Santidade. Servizo de Ómnibus: para todas as persoas que desexen asistir á misa de funeral, haberá servizo de coches, mañá domingo 18 de xullo, da empresa La Directa con saída ás doce e media do mediodía desde Taboadela dos Viños (xunto á funeraria Fernández) pasando por Piñeira, Mosteiro, Ulfe, Inza, Vila e San Xoán do Campo até a Igrexa de Freimondi e volta».

O Carlos encargáraas pola miña conta tras me adoutrinar sobre os costumes ao uso. A Funeraria Fernández SA elaboráraas de xeito mecánico, como adoitaba facerse se non se daban instrucións precisas.

O desfile de xente e a cantidade de autocares e coches particulares expuxo ante os meus vermellos e marsupiais ollos a particular relación daquel pobo coa morte. Case todas as persoas asistentes viñan das parroquias e aldeas veciñas. Vestían as súas mellores roupas para despediren un veciño como merecía, aínda que, en vida, non pasasen dun mero saúdo de cortesía.

A tarde anterior xa fora unha boa mostra do ritual do velorio, no que xente descoñecida para min me apertaba con forza a man, me abrazaba ou me plantaba dous bicos na meixela, recoñecéndome como o fillo do Dimas, o Billares, e contándome algunha anécdota de infancia en común «co-seu-defunto-pai-que-na-gloria-estea». Só no caso dalgunha muller vestida de negro se derramaba algunha bágoa tras persignarse ante o corpo presente. O resto, tras pronunciar algunha frase do estilo de «Non somos ninguén», pasaba á anécdota para despois integrarse nalgún dos grupos en que se celebraban faladoiros sobre o divino, o humano ou anécdotas da vida que levou o defunto.

Nada que ver co insulso velorio parisiense do meu pai, nun deses modernos tanatorios urbanos nos que a morte dunha persoa parece ser o de menos. Que se debe, mesmo, ocultar, coma se un fose a un tanatorio porque ese día se aburre e non ten nada mellor que facer. E a posterior cremación, case en solitario, á que acudiron Rolf LeNoir, un par de colegas da facultade e Valérie, que ignoro como o soubo e que estivo abrazada a min en todo momento, dándome un agarimo reconfortante, iso si, na dose xusta para aquel día triste, dose que, tras a inevitábel discusión por motivos xa esquecidos, se interrompeu de forma repentina e non chegou á noite.

Á vista do enterro de Xaquín, desexei que o meu pai morrese naquela terra, onde a súa inhumación sería máis humana, máis próxima ao ciclo natural dos seres vivos.

Como o Xaquín non tiña parentes e parecía que todo o mundo se decatara de que eu exercera de mecenas naquel enterro, a min tocábame recibir o saúdo de toda aquela masa de xente que non cabía na pequena igrexa parroquial de Freimondi, cunha vista privilexiada sobre o río Mineu, pintada toda de branco, rara avis entre as igrexas dos arredores. Os fumadores renunciaban a entrar e esperaban fóra o final do oficio relixioso para asistiren despois ao ritual do enterro no mesmo patio de acceso á igrexa. De feito, para entrar había que sortear algunhas tumbas de nomes borrados polo tempo. Moitas persoas pasaban por enriba delas sen parecer moi preocupadas.

As primeiras filas de bancos ocupábanas os poucos habitantes de Freimondi. Case todas mulleres. Recoñecín á María e ás irmás da tenda da estrada. Tamén estaban o Caracho e a súa familia xunto a seis ou sete mulleres descoñecidas máis. O Carlos e mais eu decidimos quedar fóra cos fumadores, entre os que destacaba, por coñecido, o cabo Lorenzo Silva, desta vez de paisano.

—Viu algunha vez tanta xente nun enterro? —soltou o cabo Silva a xeito de saúdo, ofrecéndome un Camel a medio saír do paquete.

—Impresionoume moito, sobre todo porque non esperaba algo así no enterro dun home sen parentes —respondín mentres levaba o cigarro aos beizos sen golpes nin xiro.

—Un enterro é unha ocasión magnífica para pasar unhas horas entretido, charlar con xente que hai tempo non ves e discutir de fútbol, de política ou da seca deste ano, «que-nunca-se-viu-unha-coma-esta». E iso que desde que pagamos en euros cambiaron moitas cousas —interveu Carlos.

—Claro —apuntou o cabo Silva—. Por exemplo, que agora os curas cobran en euros. Cantos hai nesta misa?

—Cinco. Dixéronme na funeraria que o número de curas determina a categoría do defunto e que tratándose dun heroe de guerra...

—A canto o cura?

—Pois a verdade é que non o sei. Fixéronme un *pack*. Uns cincuenta euros por cura, creo...

—Hai un canto popular, de cando eran en latín, sobre o asunto de pagar polas misas —interveu Carlos—. Di así —e púxose a cantar con entoación de canto gregoriano—:

> *Dies ila, dies ire,*
> *calamitatis e miseria.*
> *Dum veneris iudicare*
> *Seculum perinem.*
> Se é rico e ten diñeiro,
> cantarémoslle o enterro enteiro.
> Se é pobre e non ten nada,
> vaia *prá* furoca, vaia.

—Aquí os veciños dan os cartiños que poden, pero no canto de ir parar á familia do defunto para os gastos do enterro ou as dificultades polas que poidan pasar, van parar aos curas —concluíu Carlos tras o seu canto gregoriano.

—Dentro do que iso significa, en canto ao poder da igrexa, paréceme todo moi natural: falar da morte, mesmo cantar cancións irónicas relacionadas con ela dun xeito normal. Agora ocultámola. Non se fala dela cos nenos. E os adultos parece que teñen que vivir sempre nunha eterna adolescencia, coma se a morte non fose con eles —dixen.

—Non crea —interveu o cabo Silva—. Cando desapareza toda esta xeración que ve na igrexa, todo iso rematará. Se vai vostede a Vigo ou á Coruña, encontrará que as cousas non son tan diferentes de París, salvando as distancias e os tamaños.

—Xa. A famosa aldea global... —púxenlle punto final ao asunto e, tras darlle unha longa calada ao Camel, continuei—. Seica pecharon o caso do Xaquín.

—O forense determinou que a morte se produciu por causas naturais. Mesmo anotou que parecía que tivera unha morte doce. Non había sinais de violencia nin máis tóxicos no seu corpo que unha cantidade insignificante de alcohol: a correspondente a un chopo de augardente.

—E o bidón de gasolina?

—Ao non haber caso de asasinato, nin sequera viñeron os da científica a tomar pegadas. Desprecintouse a casa e asunto concluído. Xa lle dixen que investigar aquí é máis difícil ca conseguir estar só nunha praia en agosto. Nunca pasa nada e, cando pasa, non temos os medios para facerlle fronte.

De súpeto oíuse un estrondo seco e cortado, coma unha explosión nunha mina que chega con sordina ao exterior. A terra tremeu durante uns segundos. Nin eu nin os meus acompañantes reaccionamos máis alá de compoñer caras de estupor e desconcerto. Os cánticos no interior da igrexa pararon de súpeto para volver retomarse poucos segundos despois.

A continuación soou o teléfono móbil do cabo Silva. A conversación foi breve, chea de monosílabos. Ao colgar sentiuse na obriga de nos dar explicacións.

—Un sismo de 3,5 graos na escala de Richter. Percibiuse en toda a bisbarra. Tamén en Lugo, segundo o Instituto Xeográfico Nacional. Chamáronme para que tranquilice a poboación se é que alguén está intranquilo.

—Estamos en zona sísmica?

—Non creo. Desde que estou destinado aquí, é o primeiro. Din que houbo outros, igual de débiles ca este. Os ecoloxistas achácanos ao encoro.

Nese momento deixouse sentir unha réplica. E, a continuación, outra explosión, máis forte e sen sordina. A un par de quilómetros en liña recta desde a igrexa, no núcleo urbano de Freimondi, elevábase, cara ao ceo gris, unha negra columna de fume.

—Non é máis ou menos por aí onde está a casa de Xaquín? —preguntei.

—Creo que si! —respondeu o cabo Silva arrincando a correr cara ao seu coche.

—Podo ir con vostede?

—Apure!

—Carlos, fágame o favor de encargarse das ras —pedín pasándolle unha bolsa de plástico de supermercado, mentres arrincaba a correr, coma se fose a testemuña nunha carreira de relevos—. Non sei se o cura está informado.

—Descoide —respondeu o Carlos collendo a bolsa—. Eu encárgome.

Cando subín ao coche particular do cabo Silva, este xa estaba a falar con alguén do posto de Taboadela solicitando unha patrulla de bombeiros. Aínda non pechara a porta e o motor xa obrigaba as rodas a saíren do seu letargo. Pensei que se a Garda Civil conducía daquel xeito, non era estraño que lle permitisen ao Carlos conducir un taxi sen carné. Sen dúbida ningunha, o campionato do mundo de rallys perdía unha inmensa canteira de pilotos en terras galegas.

O traxecto en coche desde a igrexa á vila era pouco menos ca un *paseo interruptus*. Ao pasar por diante da praza da fonte e tomar o camiño das viñas, pareceume ver unha figura humana que se ocultaba detrás da tenda das dúas irmás. Xirei a cabeza cara atrás e puiden recoñecer con claridade a un torpe Heliodoro pegado á fachada lateral intentando ocultar o seu exiguo corpo tras os delgados talos dunha parra de kiwi.

—Alí detrás escóndese Heliodoro —indiqueille ao cabo Silva—. O avó do desaparecido Peneira.

—Onde?

—Na tenda da estrada.

Tras tirar coa man do freo de estacionamento, o coche debuxou un cero negro no asfalto encarando o morro cara ao lugar indicado. Alí estaba, sorprendido, Heliodoro Peneira, incapaz de mover o seu gastado corpo do sitio, coa camisa e a cara requeimadas.

—Se vén de incendiar a casa de Xaquín, significa que non sabe que o caso está pechado e quixo borrar as pegadas que puidese deixar o seu neto no bidón de gasolina e na casa —dixen de súpeto, intentando atrasar o momento en que o cabo Silva baixase do coche.

—E se quixo borrar as pegadas, sabía que o seu neto viñera matar ao Xaquín, aínda que quizais se encontrou co traballo feito pola natureza —deu a réplica o cabo Silva.

—Sexa como sexa, o caso está pechado e a explosión poderíase achacar ao terremoto. Non obstante, este home sabe cousas que eu quero saber e agora é o momento en que é máis vulnerábel. Está atrapado, case se queima na explosión e o seu neto está en paradoiro descoñecido. Se me deixa falar con el uns minutos, quizais me diga o que quero saber.

—Mentres non cheguen os meus compañeiros cos bombeiros e me vexan aquí con este home sen informar do que vin... Ese é o tempo que ten para interrogalo.

—Moitas grazas!

Baixamos do coche. Heliodoro, a pesar de ser da aldea, parecía ensaiar para estatua humana na *place du Carrousel* de

París: non se moveu un milímetro. Miraba cara ao chan medio apoiado na parede, medio no tronco dos kiwis. Collémolo polos brazos e levámolo até o banco da fonte. Despois Silva achegouse ao maleteiro do coche e sacou del unha cantimplora metálica, recuberta de tea verde, para enchela do fresco líquido que manaba a cachón. Heliodoro bebeu un grolo longo e pausado.

—Eu non fun —dixo ao acabar de beber.

—Non foi que? —preguntou o cabo Silva.

—Non fixen nada —respondeu Heliodoro.

—Se non fixo nada, por que se escondía?

—Por medo. Nunca se sabe quen andará por aí...

—E a camisa queimada? Fóiselle das mans o churrasco?

—Só teño esta camisa. Queimouse hai tempo...

—Pois é de combustión lenta —contestou o cabo Silva con sorna—. Asúmao. Pillámolo coas mans na masa. O seu neto non puido rematar o traballo e veuno rematar vostede.

—Non meta o meu neto nisto! —dixo Heliodoro cun punto de cabreo malia a debilidade física—. O meu neto non ten nada que ver!

—Nada que ver en que? No asasinato de Xaquín ou no incendio da súa casa?

—Nada que ver en nada. Se teñen que culpar alguén, cúlpenme a min.

—E de que deberiamos culpalo?

—Do asasinato de Xaquín e do incendio da súa casa —respondeu en voz baixa.

—A pregunta non é quen. A pregunta é por que? Por que asasinar ao Xaquín, un home que non lle facía mal a ninguén? —metín baza.

—Eu só cumpría ordes. A culpa de todo é deste francés —

dixo mirando para o cabo Silva e sinalándome co dedo índice—. Se el non viñese remexer no pasado, nada disto sucedería.

—Vaia, vaia, así que agora a culpa é deste home por vir preguntar. E logo a quen lle molestaba tanto que este home preguntase como para ordenarlle a vostede que matase un vello inocente?

—Non lles vou dicir máis nada ou vanme mandar matar igual que mandaron matar ao Xaquín.

—Imos ver, Heliodoro. Cantos anos ten vostede? Noventa? Máis? Canto cre que lle queda de vida? E ao seu neto? Canto cre que lles queda de vida ao seu neto e ao seu bisneto? Foi o Nuno o que deixou as pegadas por toda a casa. E no bidón de gasolina que quedou tirado. Tamén foi o seu neto o que se deixou ver ao fuxir do lugar. Quere que el cargue con toda a culpa por non querer dicir quen deu a orde? Quere que o seu bisneto medre sen pai? —Asumín que me tocaba o papel de poli malo no que Heliodoro, se querer, me encaixara.

As sirenas dos bombeiros empezaban a ser audíbeis, a unha distancia indeterminada, pola estreita estrada que viña de Taboadela. Heliodoro estaba abatido. Pero quedaba pouco tempo para facelo falar.

—Direille o que imos facer —interveu Silva—. Eu irei ao incendio para ver se pode coar como consecuencia do terremoto. É posíbel que Xaquín tivese un depósito de gasóleo, ou de gas, para calefacción. Vostede irá co señor César no meu coche e contestará ás súas preguntas. Se o que lle conta é convincente, pode que consiga que ao seu neto non lle pase nada e se esqueza o asunto.

—Se deixan en paz ao Nuno... A min que me importa xa o que pase neste mundo!

—César, deixe o meu coche na igrexa. Eu farei que me leve

alí a patrulla. Direi que vin correndo ou algo mellor se se me ocorre —dixo Silva entregándome as chaves—. Non vaia pola estrada, senón polo camiño de Vila. Se se cruza con alguén, poderían recoñecer o meu coche. Ese camiño levarao directo á igrexa.

Con Heliodoro no asento do copiloto, arranquei amodo, circulando devagar, tanto polo descoñecemento daquel modelo de coche como pola pouca présa en chegar a sitio ningún. Apaguei o móbil para non ser molestado. O camiño era estreito, entre muros de pedras de granito amoreadas, custodiados por silveiras, algunhas das cales eran tan longas, sinal do pouco tránsito por aquel camiño e do abandono dos labores do campo, que raiaban de forma audíbel a pintura do coche.

Tras unhas poucas curvas nas que temín pola chapa, o camiño ensanchouse un pouco máis deixando unha revolta á esquerda baixo uns castiñeiros centenarios. O día parecía abrirse e aparquei á sombra daquelas árbores impresionantes. Baixei as xanelas, saquei dous cigarros do paquete, deilles tres golpes ao unísono, acendinos á vez e paseille un ao Heliodoro.

—E ben? —preguntei botando o fume dunha longa calada.

—Que quere saber? —respondeu co cigarro na man, sen fumar.

—Todo!

—Por onde comezo?

—Por onde queira. Por exemplo, quen ordenou o asasinato e por que? Sobre todo, por que.

—Iso non llo podo dicir...

—Entón creo que non ten nada que me interese —contestei enfadado mentres facía ademán de virar a chave do contacto para arrancar de novo.

—Iso cre? Eu creo que si lle podo contar cousas que lle interesan. Preguntas que me fixo no Caracho e que quedaron sen resposta.

—Comece, pois… Se os dous primeiros minutos me parecen interesantes, non acenderei o motor.

—Está ben. O que lle interesa é o seu pai, non? Pois aí vai a súa historia. No 39, cando rematou a Guerra Civil, foi cando aquí comezou a guerra de verdade. Vinganzas, paseos con destino ás cunetas, xuízos sumarísimos, fusilamentos, guerrilla, traballos forzados… Alguén que estreaba un cargo para o que non servía matou o meu irmán para quedar coas súas viñas, das melloriñas da bisbarra. Non contaron con que unha parte ía ao meu nome, porque herdaramos a partes iguais. Un veciño avisoume e boteime ao monte. Alí coñecín unha partida dos primeiros fuxidos que despois chamaron maquis e uninme a eles. Eu nunca me metera en política e moitas de aquelas persoas eran comunistas, anarquistas, nacionalistas… Ás veces discutían por ideas, pero en xeral levábanse ben porque tiñan un inimigo e un obxectivo común: recuperar a República.

—Leva gastado un minuto…

—Xa vou… A primeiros do ano 40 participei nunha batida para matar o cura de Taboadela, don Domingo: un tipo listo e un gran cabrón. Eramos catro. Foi un fracaso total. A Garda Civil debía de estar avisada, ou o cura tiña vixilancia especial. O caso é que nos sorprenderon. Mataron un. Os dous encargados de quedar demorados, vixiando, puideron fuxir. E a min detivéronme. Saíu o cura da súa casa canda don Manuel Lamela. O pai. Despois de darme unhas cantas hostias, propuxéronme seguir na guerrilla, pero como infiltrado. A cambio, ao acabar cos guerrilleiros, ofrecíanme un posto de Garda Civil na propia vila, sen me mandar destinado a ningún sitio afastado, e devolvíanme as viñas. Quen non aceptaría un trato así? Polo camiño de volta, deume tempo de limpar os calzóns e cheguei xunto ao resto da partida pouco máis tarde ca os dous que puideron escapar. Non sospeitaron nada. Así tiña acceso a toda a información estratéxica, non só de aquela partida, senón doutras coas que nos encontrabamos ás veces e que intercambiaban consignas e noticias de reunións dos mandos, do PCE ou da CNT, as organizacións que intentaban monopolizar o caótico Exército Guerrilleiro.

—Xa chegara pola miña conta á conclusión de que era un traidor...

—Pode pensar o que queira. É moi fácil para quen non viviu aquilo. Ese verán, cando o seu pai de vostede escapou ao monte pensando que matara o xefe local da Falanxe cun taco de billar, cadrou que eu estaba na vila, coa escusa de vir buscar víveres, informando a Garda Civil dos próximos movementos. Houbo un balbordo e os gardas saíron correndo cara ao Casino. Boa parte da vila estaba na porta preguntándose que pasara. Dous soldados sacaron nos brazos o falanxista, non me lembro de como se chamaba...

—Expósito?

—Si, iso é. O lacazán do Expósito. Sacárono nos brazos entre dous. Eu axudeinos a levalo á consulta do médico, don Francisco. Alí o deixamos, cun golpe feo na caluga, inconsciente pero vivo. Ao saír á rúa, esperábame don Manuel Lamela, o pai, e agarrándome forte dun brazo, pediume que volvese á consulta con el. Deixoume canda o ferido e falou en privado co médico. Despois entrou só e díxome que aquel pobre desgraciado estaba a sufrir por culpa dun roxo arrogante, que non duraría moito, pero ía sufrir aínda máis durante o tempo que lle quedase, que tiñamos que axudalo a *encontrarse con el señor* e despois descargar toda a ira da xustiza sobre o insensato que lle quitara a vida. Achegoume un coxín, xusto sobre a face do Expósito, e axitouno un par de veces cara a min, indicando que debía collelo, mentres me dicía que sería recompensado con absoluta xenerosidade por axudar á causa da xustiza. Eu non souben dicir que non e apertei o coxín sobre a cara do rapaz até que notei que deixou de respirar.

—*Salaud!*[7] Con iso vostede estaba máis atado a Lamela, e o cabrón sen manchar as mans —dixen medio para min.

—Xa ve. É o de sempre. Xa lle dixen no Caracho que a historia non se pode cambiar. Cando volvín á partida comentei que un rapaz de dezaseis ou dezasete anos andaba fuxido, en busca e captura, por matar un falanxista, e todos estiveron de acordo en ilo buscar e acollelo no grupo. Tardamos uns días porque o rapaz era escorregadizo e non se fiaba de ninguén. Até que a fame puido con el. Entón uniuse ao grupo e converteuse no máis fervoroso guerrilleiro e no comunista máis fiel que vin xamais. Sempre que iamos a algunha misión, arrincaba a camiñar co seu eterno sorriso dicindo «Un fantasma percorre Europa». A verdade é que me caía ben. Era novo, inocente, sincero e moi alegre. Era imposíbel que caese mal. Pero estaba no punto de mira de don Manuel e iso convertíao nun perigo tamén para a partida.

—Non entendo o interese de Manuel Lamela, o pai, en incriminar un adolescente nun asasinato, antes de saber se se uniría aos maquis, se nin sequera era seguro que Expósito fose morrer...

—Iso foi polo fillo. Metéraselle entre os cornos a Delia, a amiga do Dimas. Non sei como, pero convenceu o pai para que quitase de diante ao que consideraba o seu máximo rival e, de paso, os seus amigos. Tamén había algo dunha canallada,

---

[7] «Cabrón», en francés.

unha rapazada que lle deberon facer cando chegou á aldea e que non perdoou nunca. O caso é que o pai lle fixo caso, pode que por primeira vez na vida, quizais deixándose levar pola euforia da vitoria, e montou aquela andrómena do asasinato para poder condenar a morte o rapaz ou, polo menos, aplicarlle a lei de fugas se o atrapaban. Co que non contaron era coa habilidade do Dimas para se mover polos bosques e esconderse en sitios insospeitados durante anos.

—E o fillo conseguiu o seu propósito de noivado coa Delia?

—Custoulle o seu. Durante algúns anos ela púidoo ir mareando co tema da idade. Que se eran moi novos e esas cousas. Cando o seu pai de vostede fuxiu ao monte, a Delia tería dezasete e Manolito Lamela quince, máis ou menos. Pero tiña que lle dar unha de cal e unha de area para que non se desdixese das súas promesas, así que de cando en vez deixábao collerlle a man ou darlle un bico na meixela. E parecía que don Manuel Lamela, fillo, tiña abondo con iso. Até que os dous tiveron máis de dezaoito anos, Delia non tivo que se decidir en serio. Ela tiña vinte anos e xa non puido darlle máis delongas. Casaron aló polo 1943. Iso doeulle moito ao Dimas, que se entregou ás accións guerrilleiras, apuntándose voluntario a todas.

—Por que accedeu a casar con el se non o quería?

—O pai da Delia, o tío do Xaquín e o tío do Dimas, entre outros, foron presos ao rematar a guerra. Da actitude dela dependeu que fosen a construír pontes en vez de seren fusilados. Aínda que ao final morreron igual de desnutrición e debilidade. Pero a intención dela foi boa.

»Durante o primeiro ano de matrimonio, a Delia esforzouse por parecer unha boa dona. Sempre se ocupou da casa, da comida, da roupa... Se a vías pola rúa, mesmo parecía feliz. Pero a medida que o seu pai e os demais presos ían gañando en tranquilidade, ela comezou a distanciarse. Dalgún xeito decatouse da montaxe da morte daquel falanxista e da falsa acusación contra Dimas. Ao pouco tempo Dimas e Aviador mataron a don Manuel Lamela, pai, o único día que viaxaba sen protección e o fillo comezou a sospeitar que a Delia tiña algún medio de se comunicar cos guerrilleiros. E era certo. Sempre que don Manolito Lamela ía a Lugo ou a Santiago a ocuparse dos negocios que lle deixara o seu pai, contaban que a Delia e mais o Dimas pasaban a noite xuntos.

»Cando o Dimas fuxiu, en 1949, o carácter ledo dela fuxiu tamén. Xa había un ano que o seu pai de vostede, intrigado polos fracasos en case todas as accións, co resultado de varios guerrilleiros mortos, sospeitaba que eu era un infiltrado e tiven que abandonar a partida a finais do outono do 48. Despois entrei na Garda Civil. Pasaron uns meses e comezou a correr o rumor de que a Delia estaba encinta do Dimas. As vellas son unhas bruxas. Non me pregunte como o saben, pero o caso é que o saben. Unha dillo á outra e ao final chegou aos meus oídos. Recordo moi ben aquela noite. O un de xullo. Chovía a chuzos. As nubes caían enteiras sobre as nosas cabezas. Non había lúa e os camiños eran trampas de lama moi perigosas. Cheguei á casa de don Manolito Lamela a media tarde, pero parecía media noite. Funlle dar a noticia dos rumores que circulaban porque non quería que se decatase antes por outros.

»Don Manuel, fillo, entón un mozo guapiño duns vinte e catro anos, abriu a porta sorprendido ao verme alí. Uns metros por detrás estaba a Delia preguntándose quen viría de visita con aquel tempo. Non puiden esperar a que me deixase entrar e solteille o que oíra alí mesmo. A Delia saíu correndo cara ao seu cuarto e don Manuel detrás. Entón entrei eu, seguíndoos. O chegar ao cuarto, don Manuel, cos ollos inxectados, tiña a Delia collida por un pulso e na outra man agarraba un caderno. Non recordo que, pero non paraba de berrar.

Cando se decatou de que eu estaba alí, mandoume traer o coche, un Eucort sedán de tres cilindros, dous tempos, mil trinta e catro centímetros cúbicos e trinta e dous cabalos de potencia con carrozaría de madeira. O «rural», chamábanlle, fabricado en Barcelona…

—Pero como se pode deter nos detalles do coche, coas barbaridades que está a contar?

—Era un bo coche e naqueles tempos só don Manuel e algún médico o tiñan. Os demais iamos todos andando…

—Faga o favor de esquecer o coche, quere? —Berrei irritado.

—Como queira. O caso é que obrigamos á Delia a se meter no coche e levámola á casa do médico, don Francisco. Don Manuel berroulle que era «imperante» que lle practicase un aborto. Ao principio don Francisco negábase amparándose na ilegalidade da operación, pero don Manuel, fillo, recordoulle o caso de Expósito, díxolle que era cómplice de asasinato e que non tiña máis remedio que «colaborar».

»A Delia xa estaba duns cinco meses e aquilo foi unha carnizaría, aínda que teño que dicir, en favor do médico, que aquela consulta de vila tampouco dispuña dos medios necesarios. Ela, pobre desgraciada, non facía máis que berrar e chorar. Cando don Francisco sacou o feto, don Manuel colleuno por un nocello axitándoo no aire, poseso polo demo. Coido que a Delia xa estaba morta sobre o seu propio sangue.

»Deixamos o médico redactando a acta de defunción e limpando a defunta para ir a unha leira de don Manuel, que fora do tío de Dimas, a enterrar o feto e mais o caderno. Mandoume cavar unha foxa, tirar o bebé dentro xunto con toda a leña seca que puidese atopar e colocar o caderno enriba. Xa non chovía. As tormentas de verán pasan rápido.

»Cando lle plantei lume a todo aquilo, xusto cando comecei

a mirar cara a outro lado para non ver aquel horror, don Manuel abalanzouse sobre o caderno e conseguiu rescatar do lume unhas poucas páxinas. Sufocounas e gardounas nun peto. Despois alzou a man en saúdo romano, con cara de quen satisfixo unha vinganza anhelada, e dixo, con solemnidade, algo en latín que non entendín.

—Nunca o xulgaron? Mesmo no franquismo, a morte dunha muller non podería pasar sen investigación, non?

—Xa antes de rematar a guerra, Franco anulara a lei de divorcio e a do aborto. Por contra, fixera a do adulterio e a do *usoricidio* por honor. A Delia podía ser acusada de adúltera e de abortista. Así que o marido tiña dereito a matala. A *investigación* non pasou dun expediente administrativo. Tapouse todo moi á présa. O único que sufriu as consecuencias foi o doutor e non porque o xulgase a xustiza, senón o pobo. A xente deixou de ir á súa consulta...

—E o Lamela seguiu vivindo tan tranquilo, como se nada?

—Seguiu. Mellor aínda. Quedou, diante dos seus superiores no partido, como un home viril e decidido a facer o necesario. Nunca lles gustou a Delia como muller dun cargo público. Demasiado independente, non sabe? Aos poucos días mandoume chamar para me encomendar a misión de saír na procura do seu pai de vostede e matalo. Fixemos a comedia de que eu tiña medo da vinganza dos guerrilleiros e que emigraba. Saín cara a París e localiceino por medio do Centro Galego, facéndome pasar por exiliado, coa escusa de lle levar noticias do tío preso. Cando o fun visitar xa desaparecera do mapa. Dimas aínda conservaba aquel bo olfacto para o perigo, aínda que non imaxinaba todo o que acontecera en Taboadela. Custoume bastante tempo decatarme de que partira cara á Arxentina. Chamei a don Manuel e díxome que fose detrás del. E así foi como aparecín en Bos Aires.

»Alí, como o Dimas non paraba quieto, precisei de varios meses para dar con el. Cando souben onde durmía, vixiei a pensión até velo saír. Ía traballar unha mañá de brétema pecha e seguino. Ao chegar a un descampado saquei a Luger que me dera don Manuel, pero, ao engatillala, Dimas escoitou o ruído. Virou de golpe, sacou unha Astra de dentro da súa chaqueta e disparou antes de que me puidese decatar. Levou este dedo por diante, pero a néboa impediu que me deixase seco e saín correndo e cagando nos pantalóns por segunda vez na miña vida.

»Volvín a España e non tiven valor para contarlle a verdade a don Manuel. Díxenlle que o Dimas estaba morto e enterrado en Bos Aires. Que me custara un dedo, pero que xa non ía ser unha molestia para el nunca máis. Entregueille a Luger e seguín ao seu servizo até agora, traballando de garda municipal. Un traballo tranquilo. Algunha ameaza, algunha extorsión, algunha malleira..., pouca cousa. Pero eses servizos prestados valeron para que o meu fillo e o meu neto tivesen sempre un traballo digno no Concello de Taboadela.

—*Nique ta mere! Va te faire foutre!* —exclamei, indignado.

—Eran tempos difíciles, non como agora, que o teñen todo regalado. Terían que vivir a guerra para saber o que...

—*Ta gueule!* Non quero oír unha soa palabra da súa boca! —medio berrei, medio salouquei, loitando por impedir un acceso de humidade nos ollos.

Arranquei o coche con rabia esquecendo que non me pertencía. A chapa rozou a traxedia contra os muros de pedra innumerábeis veces, aínda que tivo sorte todas elas. Ao chegar á igrexa xa case marchara todo o mundo e os autobuses fretados pola funeraria ían engulindo a fileira de atrasados. Aparquei perto da fachada principal, apaguei o motor e mirei cara ao Heliodoro.

—Ten a sorte de que eses crimes xa prescribiron e de que non hai probas. Tamén de que eu sexa un tipo pacífico incapaz de estrangulalo aquí mesmo, aínda que o faría se non fose vostede un vello. Váiase, aproveite os autobuses do enterro de quen vostede non tivo collóns de matar e estea tranquilo, que a xustiza nada lle fará. Tampouco ao seu neto. O caso pechouse onte e nin sequera viñeron tomar pegadas. Puido aforrar o incendio da casa, aínda que á súa idade teño entendido que nin sequera iría ao cárcere por iso. Váiase dunha vez e espero non o volver ver na miña vida!

Heliodoro saíu pola porta arrastrando a súa mísera existencia. Pode que soubese que desa noite non pasaría, agora que xa non tiña que se preocupar polo seu neto.

Ao mesmo tempo saín eu tamén e, esquecendo a presenza próxima de Heliodoro, busquei ao Carlos coa mirada. Estaba apoiado nun lateral do arco de canón que daba acceso á igrexa e cara alí dirixinme coa intención de poñelo ao día e de saber se se cumprira a última vontade de Xaquín.

—Veu co Heliodoro!

—Si. Contoume unha historia que pon os pelos de punta. Logo lle conto.

—Díxenlle ao cura o das ras e non tivo inconveniente, sempre que non abrísemos o ataúde. Aí dubidei e non souben que facer, porque creo que o Xaquín dixo que as metésemos dentro, con el. Pero o cura estivo inflexíbel. Que diante de toda a xente non se podía abrir a caixa e deixar o defunto á vista. Ao final atei a bolsa coas ras a unha coroa de flores e puxémola dentro da tumba.

—Menos mal que se nos ocorreu recoller esas poucas ras. O incendio foi na casa do Xaquín. Heliodoro ía rematar a faena cando o terremoto lle sorprendeu co chisqueiro na man e case queda alí. Aínda que despois do que me contou Heliodoro é posíbel que nas ras non houbese nada que puidese sorprenderme, é unha mágoa que se perdese todo o legado da Delia.

Nese momento chegou un coche a toda velocidade que parou xunto de nós. Baixou Lorenzo Silva dándolle grazas ao chofer e uníusenos para formar un trío mentres acendía un Camel. Devolvinlle ao cabo as chaves do coche e aproveitei para contarlles o relato de Heliodoro e referirlle ao garda civil o asunto das ras que descoñecía.

—Vaia historia —dixo Silva—. Seguro que vostede non imaxinaba a vida que levou o seu pai.

—Nin de lonxe. O home pasounas putas e eu indo pola vida de *bon chic parisien* ofendido porque o seu papá falaba pouco...

—Non se culpe. Adoitamos ser inxustos cos nosos pais —terzou Carlos—. Eles sempre soltan aquilo de «Cando teñas fillos entenderalo» e nós non entendemos nada porque as nosas vidas son outras vidas diferentes.

—Agradezo o seu apoio, Carlos, pero aínda así non hai quen me quite, agora mesmo, o sentimento de culpa.

—A culpa, se houbese que buscar culpábeis, sería dos que maquinaron toda aquela montaxe por unha rapazada —dixo Silva—. Do adulto que o ideou e do cura e o médico que o encubriron e apoiaron. O resto, Heliodoro, gardas civís, somaténs, *brigadillas*..., foron comparsas tráxicas nesa historia. Cando vostede naceu, todo iso xa formaba parte das historias esquecidas dunha guerra incivil.

—Agradézovos os intentos de me dar ánimos. Pódovos atuar?

—Claro! —responderon ambos os dous case ao unísono.

—Invítovos a comer onde queirades. Sentaranme ben uns chopos dese licor espirituoso voso. *Eau de vie* en honor dos mortos!

—Pois imos, polo diaño, comer unhas costeliñas de año! —

case cantou Carlos, sempre a punto para unha boa lupanda—.
E despois regámolas co que faga falta. Desta vez pago eu.

—Vale. Pero antes igual dános tempo de pasar polo banco,
non? Estará pechado?

—Creo que aínda tardarán media hora en pechar...

—Perfecto! Imos e cóntovos o que imos facer, aínda que
igual non é apropiado facelo diante dun axente da lei...

—Se é por unha boa causa e non transcende, eu como se
non estivese —dixo o cabo Silva.

Botamos a andar cara ao prado onde estaban aparcados os
coches con paso rápido, coma se se fose acabar a comida.

—Coidado con pisar as tortas románticas —díxolle Carlos a
Lorenzo sinalando os montículos marróns deixados, aquí e
alá, polas vacas ao seu paso.

—As que? —preguntou Silva sen chegar a entender con que
debía ter coidado.

—As tortas románticas! A caca de vaca!

—Ah! Perdoa. Non te entendera...

—O *Muy Interesante* sacou un artigo de 5 páxinas falando
de caca. Chamábase «Vaia un tema de m...». Sabiades que un
artista italiano conseguiu vender noventa latas de merda por
trinta gramos de ouro cada unha? Creo que se chamaba Man-
zoni... *Merda de artista,* poñía na etiqueta. E a xente comprá-
baa!

—Un artista ou un cara lavada?

—Eu creo que era un artista. Aínda que se pode ser artista e
cara lavada á vez. Non? Creo que pretendía deixar en eviden-
cia a xente disposta a comprar calquera cousa con tal de que
vaia asinada.

—Desde ese punto de vista, teño que che dar a razón. Aínda
que parece que os artistas italianos teñen certa inclinación co-
profáxica... Leo Bassi tamén acostuma comer merda nos seus

espectáculos.

—Non é o mesmo comer merda que enlatala, numerala, asinala e vendela... Bassi é un bufón. Nin sequera creo que el mesmo se considere un artista.

—En todo caso, son dubidosas expresións de arte...

—A min o que me parece —interveu o cabo Silva interrompendo o diálogo— é que esta é unha conversación de merda. Imos ao banco dunha vez ou querédesme quitar a fame falando deses temiñas?

21. Enxeñaría social

—Sabedes que é a enxeñaría social? —pregunteilles aos meus dous acompañantes unha vez situados na rúa principal de Taboadela, fronte á sucursal bancaria do BLTV.

—Nin idea —contestaron case ao unísono poñendo, tamén ambos os dous, a mesma cara de sardiña.

—Pois é a forma de manipular os usuarios informáticos para conseguir información que nos permita un acceso ilícito. A parte máis feble dun sistema é o usuario porque quere axudar cando hai un suposto problema, confía no outro usuario, non lle gusta dicir non e a todo o mundo lle gusta que o gaben.

—Pero iso non ten nada que ver coa informática —dixo o cabo Silva.

—En principio non. É manipulación das persoas como se fixo sempre. Agora veredes un exemplo práctico. Trátase de conseguir o enderezo dun cliente sabendo que ningún empregado nolo vai dar. Polo tanto, sería lóxico pensar que haberá que *hackear* o sistema informático do banco para conseguir ese enderezo da base de datos dos clientes. Non?

—Parece lóxico —respondeu Carlos dubitativo.

—Dito así —asentiu, sen moito convencemento, Lorenzo Silva.

—Seríao se estivésemos nun film. Pero non temos tempo nin medios agora mesmo. Así que estamos obrigados a usar a enxeñaría social e cruzar os dedos para que funcione.

—Ahá —asentiu Carlos intentando que non se notase que non entendera nada.

—Coñecedes os nomes das persoas que traballan nesa oficina?

—Si, claro —respondeu Carlos con decisión—. O director chámase Juan Carlos e os dous caixeiros son Laura e Marcelo.

—Perfecto! Agora debería entrar un de vós con calquera escusa parva e comprobar se algún deles non está na oficina.

—Eu podo entrar a sacar cartos —ofreceuse o cabo Silva—. De todos modos tiña que pasar por un caixeiro...

—Pois adiante. Se falta algún, teremos o traballo medio feito...

Mentres Lorenzo Silva entraba na oficina, comecei a manipular pantallas no teléfono móbil. Carlos observábaas con cara de incrédulo, incapaz de imaxinar sequera que cun teléfono se puidesen facer tantas cousas. Xusto no momento en que Lorenzo Silva saía da oficina e cruzaba a rúa, pronunciei un «Eureka, je l'ai trouvé» de xúbilo.

—Por favor, dime que alguén non veu traballar ou marchou xa... —imploreille ao cabo Silva.

—Laura. Está indisposta. Palabras textuais de Marcelo.

—Xenial! —saltei de alegría apresurándome a marcar un número no móbil—. Tedes bolígrafo e papel á man? Ola! Está Laura?... Non?... Non estará mala?... Ai!... Non me digas... Espero que nada grave... Uf! Menos mal! En fin, que chamei para nada... Que se me podes axudar en algo? En serio? Pódesme salvar a vida! Cóntoche. Son David Bravo, da Central de Soporte Informático en Santiago. Xa falara coa Laura e quedáramos para facer unhas probas de intrusión porque hai días que a vosa oficina nos dá microcortes de rede e preocúpanos que caia toda a liña o día que veñan os xubilados retirar as súas pensións...

»He he... Xa, eses días han ser un mareo... Si, si, microcortes... Non, claro, vós non os notades, pero nos nosos *logs* de servizo quedan rexistrados e estes últimos días son excesivos... Podes imaxinar o humor do meu xefe...

»En que podes axudar? Non é nada difícil. Teño que facer unha simulación de impresión e outra de actualización dunha libreta de aforro. Con iso creo que terei abondo para detectar onde está a orixe do colo da botella. Se me deses o teu usuario e contrasinal, eu fago a simulación e chámote en cinco minutos para che contar o resultado... despois volves cambiar o contrasinal para que non o saiba nin eu... Claro que entendería que non quixeses... Si? Xenial! Acabas de me salvar a vida, porque o xefe estame metendo presión a tope e non acabo de encontrar a orixe do problema. Apunto, si... Agarda, que collo papel e bolígrafo... Usuario MAR0034TG e contrasinal 18071976 —alcei un pouco a voz facendo un xesto ao Carlos para que tomase nota—. Oe, de verdade, salváchesme a vida. Dálle recordos á Laura da miña parte cando a vexas. Deica agora! Chao!

—Deuche o usuario e o contrasinal? —preguntou o cabo Silva con cara de grande estrañeza.

—Iso é enxeñaría social. Convencer alguén para que che achande o camiño. Agora xa teño un usuario válido co que entrar e, aínda que non forma parte da miña ética profesional, vou polo enderezo e o teléfono e xa está. A ver... Hai varios Lamela..., pero só un reside en Santiago, na rúa República Arxentina.

—En concreto, no 75 —apuntou o cabo Silva.

—Como o sabes? —estrañeime.

—Porque eu tamén usei a enxeñaría social —respondeu o cabo Silva brandindo un *post-it* amarelo na man—. Preguntei o enderezo e, dada a miña condición de axente da lei, déronmo sen problemas.

—Vaia. E eu pensando que vos impresionara…

—Impresionáchesnos. E moito! Aínda que fose unha acción inútil, aprendícheснos moito do que se pode facer hoxe en día cun teléfono móbil.

—Chamaralo para que cambie o contrasinal? —preguntou Carlos con voz de certa preocupación.

—Non, ho! Ao contrario. Dentro dun cuarto de hora, ou algo máis, comezará a se decatar do que fixo. E se non se decata, mañá cando vexa á Laura e lle dea recordos descubrirase a empanada. Pero non contará nada. Polo seu propio ben. Pasará algunhas horas comprobando os movementos de diñeiro co seu usuario e cruzará os dedos para que non falte nada.

—Veña, ímonos antes de que mire cara a fóra e nos vexa xuntos —insistiu o cabo Silva tirando do brazo de Carlos.

22. Valérie de novo

Aparcamos os coches fronte ao restaurante, xunto ao xardín. Do interior xurdía unha algarabía de cubertos e pratos chocando os cinco, de xentes demostrando en alta voz que gozaban da comida e da desinhibición da bebida. Alguén, pensando que aínda había espazo para uns poucos decibelios máis, decidira reducir o exceso de graxas tocando o acordeón.

Os tres novos comensais que pretendiamos acceder ao recinto charlabamos, tamén, alleos ao ruído ambiente. Entramos en dirección á barra coa intención de pedir unha mesa, cando un berro feminino procedente das nosas costas, do recanto máis reservado do local, xeou o sangue nas miñas veas.

—César!

No pouco tempo que precisei para me virar, o berro repetiuse tres veces aumentando de intensidade, o que indicaba que a emisora do son se achegaba.

—César!

—César!

—César!

E en canto completei a media volta xa tiña a emisora colgada do pescozo e enchéndome a cara e os beizos de bicos ante a mirada non exenta de envexa de Carlos Díez e do cabo Silva. Ao contrario do que ensaiara máis dunha vez, por se esa ocasión chegaba a materializarse, non me resistín e respondín con natural efusión aos bicos recibidos, agarrando a Valérie da cintura para lle aforrar esforzos ao intentar salvar a diferenza de estaturas.

Ao cabo dun anaco necesitamos respirar e foi entón cando nos puidemos dirixir algunha palabra.

—César! Que alegría! Quen me ía dicir que te ía atopar na miña xira por Galiza!

—Pois si. A vida ás veces lémbrache que a Terra sempre está de xira mundial...

—Moi gracioso —dixo cun acento sarcástico—. Vides comer? Sentade connosco.

Busquei na mirada de Carlos e Lorenzo a resposta a aquela pregunta, cunha remota esperanza de que fose negativa, e aceptei con desgana só despois de comprobar que ambos os dous respondían que si.

—Mira. Preséntoche as compoñentes do grupo Esprito e os músicos que nos acompañan nesta xira. As rapazas son —dixo mentres as ía sinalando— Mariluz Santacomba, Nuria Albor, Marga Méndez e Noelia Codeisán. Ben, a ela xa a coñeces... E os rapaces son Jonathan Chardonnay (piano), Rik Mauvaiselait (percusións varias), Benoît Van Der Seize (baixista) e o do recanto que toca o acordeón é Olivier Laluà. Esta noite pasada actuamos aquí, en Montoxo, e pechamos xira mañá en Santiago xunto con Milladoiro e Luar na Lubre. Pasado volvemos a Bruxelas para preparar a xira europea de agosto. E os teus amigos? Veña, sentádevos. Ti, César, aquí canda min. Por favor, outra botella de viño —dixo levantando a man e a voz cara a barra.

—Eles son Carlos Díez, filósofo, e Lorenzo Silva, investigador. Axudáronme moito no que vin facer aquí —respondín en canto encontrei unha abertura para facelo, mentres me sentaba entre Valérie e Benoît tras o inevitábel e ruidoso corremento de cadeiras.

—E que foi iso que viñeches facer?

—A miña intención era pechar, por fin, o último capítulo da nosa historia en común. E, unha vez baleira a miña cachoa das túas imaxes, coñecer a terra que che iluminaba os ollos cando me falabas dela. Vin para conseguir esquecerte empapándome das historias doutros.

—Entendo... —dixo, mentres un indicio de sombra mudaba o seu rostro alegre—. E conseguíchelo?

—Impregneime tanto das historias doutras persoas que acabei por descubrir o meu pai e conseguir que ti quedases aparcada nun recanto da miña mente. Así que non só non pechei ningún capítulo contigo, senón que abrín un novo cunha familia e unha terra que eu descoñecía que tiña.

—Alégrome.

—De que parte?

—De todas...

A comida transcorreu en boa harmonía. Carlos e Lorenzo sentiron máis curiosidade pola vida e milagres das rapazas que dos rapaces. En particular, pola súa dispoñibilidade sentimental. Aínda que tamén houbo espazo para falar de música e da vida que se leva cando se está de xira, lonxe da casa.

Olivier seguiu empeñado no seu *chill out* particular, tocando melancólicos temas folk co seu acordeón, até o momento en que trouxeron os chopos. Aí volveu á realidade e abandonou o instrumento para unirse de novo á festa. Caracho, Isabel e as súas fillas, libre xa o restaurante de comensais alleos á música, colocáronse arredor da mesa, onde puideron, para compartir tamén aquel momento de especial concordia. Mesmo eu me deixei levar e esquecín durante un par de horas todos os reproches que tiña gardados para Valérie.

—Entón… Cóntame que soubeches… —díxome Valérie.

—É moi longo explicalo aquí, nunha sobremesa.

—Inténtao.

—Non, de verdade. É longo… e complicado… Creo que escribirei un libro ordenando todo o que descubrín estes días.

—Vale. Entón déixamo ler cando o remates…

—Cóntalle algo, home. Non sexas ravo —medio berrou, para facerse oír, o cabo Silva—. Aquí onde o ves, é un grande investigador —dixo dirixíndose a Valérie.

—Mellor non che conto nada… Así terei unha escusa para buscarte…

—Non necesitas escusas para quedares comigo. Fuches ti o que deixou de chamar e de contestar os meus whatsapps.

—Fuches ti a que fuxiu sen dar máis explicacións…

—Fuches ti o que creu que eu era da túa propiedade…

—E ti a que me fixo crer que eramos unha parella…

—Imos comezar a cruzar reproches?

—Tes razón. Non amarguemos o xantar.

Tardamos un pouco en volver conseguir un ambiente distendido entre os dous, pero conseguímolo de novo grazas ao bo humor do resto dos comensais. Ao rematar, prometinlle ao Caracho e á súa familia enviarlles un exemplar do libro, por tratarse da vida dun parente.

—Virasnos ver a Santiago?

—Pode ser. Mañá pensaba ir por outros asuntos…

—De todos os xeitos, non teño que estar alí até as sete da tarde. Apetéceche que quede contigo? —dixo pousando unha suave man na miña virilla.

—A cama da pensión é grande…

Valérie abrazouse ao meu pescozo e acurrunchou a súa cabeza no ombreiro, buscando o punto cómodo, como unha gata, mentres rosmaba un «Grazas» sincero no oído.

23. Don Manuel Lamela

Despois dunha solitaria viaxe por unha autoestrada de peaxe desde a que non se vía máis poboación ca a vexetal, se exceptuamos a impresionante cantidade de corvos xunto da peaxe, o taxi de Carlos encontrouse coa realidade dos accesos en automóbil ás cidades: unha encrucillada de nós de autoestrada cheos de camións, autocares e turismos particulares que obrigaban a unha circulación lenta e, de cando en vez, parar de todo a marcha do vehículo.

Cando por fin entramos na zona urbana de Santiago decidimos deixar repousar o taxi nun aparcadoiro da rúa Rodrigo de Padrón. A tableta, co GPS activado e San Google dirixindo, indicaba que xa se encontraban bastante perto de «*su destino*», aínda que para iso esgotase o 80 por cento da batería.

O Carlos, malia caer unha fina choiva, empeñouse en que pasásemos pola praza do Obradoiro para aproveitar e facer un pouco de turismo. Total, pillábanos de paso. Aínda que eu pensaba que tiñamos todo o día por diante para ver pedras, aceptei sen saber moi ben por que. Valérie decidiu deixarnos coas nosas cousas e ir buscar o hotel onde se aloxaban os seus compañeiros de xira.

Collemos a rúa do Franco e plantámonos axiña nunha praza do Obradoiro ateigada de humanidade e de mesturas de olores, recendos e cheiros: recollidos no camiño polos que o fixeran a pé ou en bicicleta; aplicados con esmero e en exceso polos que viñeran desde os seus hoteis.

As escalinatas da fachada principal sufrían un atoamento humano ávido de entrar a ver a catedral. Cargados, algúns, con cámaras compactas e, na súa maioría, con teléfonos móbiles, perderían a visita enfocando os mesmos recantos cuxas fotos poderían atopar en Internet.

—Compostela, fermoso pero imposíbel Campus Stelae... —case recitou Carlos.

—De que falas?

—Recordaba un artigo que lin acerca do invento do nome da cidade e de que todo o mundo cre que se debe a que desde aquí se ve a Vía Láctea. Campus Stelae, o campo de estrelas...

—E a que se debe?

—A teoría di que ven de *Compositum tellus*. É dicir, Compostela significaría algo así como «podredoiro». De *compositum* vén a palabra *compost* ou *compostaxe*, ou sexa, esterco.

—Supoño que iso non se pode dicir en voz moi alta...

—Santiago foi un invento fabuloso, pero ninguén o quere dicir —dixo Carlos.

—E se vivises nunha desas casas de aí ao lado, pensarías o mesmo? —preguntei mareado ante a perspectiva de non poder saír da casa sen ter que sortear a maré de peregrinos.

—Claro. Tería unha tenda de recordos, un bar ou un estanco. Ademais, co que gañase no verán daríame para pasar o resto do ano sen dar golpe.

—Non te vexo pasando o día tras dun mostrador.

—Nin eu. Pero se nacese aquí e vivise aí ao lado, iso sería o que faría.

—Ben, xa vin bastante. Gústame visitar igrexas, pero solitarias. Entón pode gozar un en silencio da arquitectura e ver

con mellor perspectiva a intención arrepiante dos que a pro-
xectaron.

—É unha pena que haxa tanta cola. O espectáculo do bota-
fumeiro é digno de ver.

—Supoño que si. Dá que pensar que unha medida profilác-
tica se convertese en espectáculo no podredoiro de Santiago.

Volvemos coller a rúa do Franco, en sentido inverso, para
chegar, por Xeneral Pardiñas, até Montero Ríos e por esta até
a praza Roxa.

—Se o Manuel Lamela sae da casa, débelle dar un ataque
cada vez que pasa por aquí —riu Carlos.

—Non creo que saia moito. O mundo en xeral débelle pare-
cer unha versión acelerada de Sodoma e Gomorra.

Tomamos por San Pedro de Mezonzo até chegar á rúa Re-
pública Arxentina. A uns poucos portais de alí estaba a resi-
dencia de Manuel Lamela, fillo.

—Vou subir eu só. Creo que é mellor que non haxa interfe-
rencias.

—E se te quere matar? Este tipo xa ordenou matar moita
xente na súa vida.

—Quen dá ordes non emporca as mans. Non vai pasar
nada. Só imos falar... se me deixa entrar.

—Como queiras, pero non quedo tranquilo.

—Espérame nese bar. Non creo que tarde moito.

Unha escaleira estreita, de rouca madeira, levaba até o an-
dar fronte á porta. Pulsei o timbre e esperei uns segundos.
Volvino pulsar de novo e esperei outra vez. Xa daba media
volta para marchar cando oín unhas zapatillas arrastrándose
e o tintinar dunhas chaves achegándose.

—Quen anda aí? —murmurou, máis que acertou a dicir,
unha rouca voz desafeita a falar desde había uns cantos días.

—Don Manuel Lamela?

—Quen é?

—Son César Acosta, o fillo de Dimas *O Billares*.

Un longo silencio foi a resposta. Sentíase a presenza humana tras da porta, inmóbil. Case podía notar o seu tremor.

—Segue aí? —insistín.

—Que é o que quere?

—Víñalle facer unha visita.

—Marche e fale co Heliodoro! O que teña que saber, poderallo contar el. Hoxe teño a proba do Sintrom...

—Non lle roubarei moito tempo. Xa falei co Heliodoro e abofé que cantou. Non sente curiosidade por saber que cousas publicarei no libro que vou escribir?

Tras uns segundos accionouse o mecanismo da porta, abriuse por fin e deu paso a un escuro e longo corredor. As costas curvas dun home octoxenario dirixíanse cara a luz ao final deste. Sen dubidalo, seguino até un salón non moi amplo pero suficiente para albergar unha biblioteca decente, un sofá e dúas cadeiras de brazos, unha mesa de centro e, xunto á fiestra, unha mesa de comedor para seis folgados comensais.

Nas paredes do cuarto non había máis cadros decorativos que unha inmensa foto de estudio, en sepia, de alguén moi parecido a Manuel Lamela vestido co uniforme da falanxe, case en posición de firmes, co queixo levantado e cara desafiante. Deducín que se trataba do pai. Nun dos estantes da libraría, flanqueado por libros á dereita e á esquerda, un marco prateado contiña unha foto recortada dun xornal na que aparecía a mesma persoa, co mesmo uniforme, estreitándolle a man a Franco na inauguración dunha ponte. Debía ser Manuel Lamela, fillo, na inauguración da ponte de Mourelos, aínda que a calidade da foto non permitía distinguilo ben.

O vello deixouse caer na cadeira de brazos máis desgastada, xunto da mesa auxiliar sobre a que repousaba o diario

La Gaceta, unhas lentes, un teléfono negro e unha lámpada prendida. A pesar da calor, vestía un traxe gris, unha camisa branca e unha gravata negra. Eu senteime na outra cadeira de brazos para me situar xusto en fronte do meu interlocutor.

—Vostede é o fillo do Dimas? É máis novo do que eu esperaba… Que cabrón o Heliodoro! Cría corvos… Ben. Aforremos a palla e vaiamos ao gran. A proba do Sintrom remata ás 12. Ten 15 minutos. Nin un máis.

—Non creo que estea aquí tanto tempo. Verá. Onte enterramos ao Xaquín. Lémbrase del? Paróuselle a máquina antes de que o seu sicario puidese matalo —proseguín sen esperar resposta—. Nuno Peneira, o neto do Heliodoro, foi facer un traballo para o que non estaba preparado, atopouse con que a natureza xa fixera ese traballo e saíu correndo, cos pelos de espeto, deixándose ver por varias persoas e abandonando na escena un bidón de gasolina coas súas pegadas.

—Se xa estaba morto, non hai crime que lle cargar a ese inútil…

—Certo. Non obstante, vostede ordenoulle despois a Heliodoro que queimase a casa, temeroso de que puidese haber algo nela que sacase á luz os fantasmas do seu pasado.

—Non hai proba ningunha de que eu ordenase nada a ninguén.

—Non é necesario. Non vai precisar avogados neste caso. O Heliodoro cantou todo, desde o asasinato de Expósito para incriminar ao meu pai, até o asasinato da Delia e do bebé que levaba dentro. Ademais, as pezas que faltaban deixounas escritas a Delia nun diario.

—Ah, o diario… Se o sabe todo, saberá tamén que do diario no quedan nin as cinzas.

—Agás o que vostede rescatou no último momento…

—Pois si que botou a lingua a pacer o Heliodoro… Está ben.

As cartas sobre a mesa... Agarde un momento...

Ergueu con dificultade o seu obeso corpo apoiándose no bastón reclinado xunto á cadeira de brazos e dirixiu os seus lentos pasos cara á libraría que ocupaba toda a parede do fondo do salón. Apartou catro voluminosos tomos falsos, deixando ao descuberto unha caixa forte encaixada na parede. Con cerimoniosa parsimonia marcou a combinación no teclado dixital, abriu a porta e extraeu unha pesada pistola Luger Parabellum P-08 e unha pequena carpeta do seu interior.

Volveu á cadeira de brazos coa carpeta na man esquerda e a Luger na dereita, deixando apoiado o bastón na libraría. Tomou asento de novo, deixou a pistola no colo, abriu a carpeta e extraeu unhas poucas follas soltas, algunhas delas cos bordos queimados. Logo, tirounas sobre o sofá mentres facía un ademán para que eu as collese.

—Lea, lea e vexa cos seus ollos de que ralea estaba feito o seu pai. Iso é o que queda do diario da Delia. E abondará para desmitificar a idea romántica que ten del.

—«29 de xullo de 1946 —lin en voz alta—. O Manuel aceptou, por fin, levarme ao cine. Botaban *La vida en un hilo* e o NO-DO encargouse de me lembrar que xa hai dez anos dos sucesos que viñeron cambiar as nosas vidas. Dez anos de morte e miseria, de fuxida cara adiante, de poñerlle boa cara ao mal tempo malia a tristura que vai por dentro. Tras a noticia dun campionato de xadrez que non me dixo nada, o NO-DO seguiu cunha exhibición de billar duns irmáns arxentinos...»

Lin con parsimonia a historia da chegada de Manolito e o seu pai a Mourelos, a descrición da cuadrilla da Delia, como lle afectou á aldea a chegada do mestre, a broma dos *biosbardos* que lle gastaran a Manolito, o achado dos cadáveres dos Ferreiros e a extorsión a punta de pistola á Delia para que aceptase ser noiva do futuro cacique da bisbarra. Conforme ía lendo, o corazón íaseme encollendo. De cando en vez miraba cara ao ancián Lamela para advertir que os seus beizos non cambiaban aquel sorriso cínico de quen se sabe en posesión da única verdade verdadeira.

Ao ler a última frase requeimada polo lume —«Non o dubides moito. A saber o que tardan en xulgar e fusilar ao teu pai. Pode que mañá mesmo.»— os ollos estaláronme de rabia por quen tiña diante e de tristeza por aquelas persoas cuxa felicidade se truncou de súpeto pola forza das armas de fogo. Armas de fogo coma a pistola alemá que tiña o vello Manolito no colo.

—De que ralea estaba feito o meu pai, diga? E de que ralea estaba feito un neno que necesitaba apuntar cunha pistola para que unha meniña fose a súa noiva? É vostede un monstro! —berrei fóra de min, perdendo a compostura.

—Eran tempos bravos. Cada un se espelía como podía —respondeu pausado e lacónico—. E eles gañaran a pulso todo o que lles pasou. Foron crueis de máis comigo. Quixen matar o Dimas. Quíxeno con todas as miñas forzas. Pero o maior dano que lle podía inflixir era destruír aquela panda de burros que o adoraba e, sobre todo, quitarlle a Delia. Souben que se querían antes ca eles mesmos.

—Atrévese a comparar unha broma coas execucións de persoas reais? Non me estraña que até Heliodoro o enganase. Todos cantos estiveron ao seu servizo o fixeron por interese.

—Triste. Nonsí? Pode que me poña a chorar. Mais, hai unha cousa, un detalle cativo, que vostede non tivo en conta: se uns vencen, outros perden. E o que non admite discusión, é que fomos nós os vencedores. Despois, só tiñamos que nos aproveitar dos fracasados que se conformaban coas nosas sobras.

Como din vostedes os franceses: *c'est la vie* —sorriu con mofa, abrindo os brazos coas mans cara arriba.

—Direille o que é vostede como dicimos os franceses: un *trouillard, un capon, un couard, un dégonflé....*[8] Un cagón. Un cínico covarde que precisa unha pistola na man como extensión do seu órgano disfuncional. Vaina usar ou nin sequera sabe como funciona?

—Pode que despois a use. Xa que non puiden matar ao seu pai, quizais quede en paz matándoo a vostede, que ten un parecido bastante máis que razoábel.

—Pois non espere. Dispare xa ou vaia para a tumba coa súa rabia. Aquí me ten. Dispare!

—O Dimas foi quen matou a Delia por deixala encinta, e ela a súa cómplice por se prestar a aquela orxía de sexo, libertinaxe e violencia. Doe descubrir que o seu pai foi un criminal despois de facer unha viaxe tan longa. Pero siga insultándome, ho! Desafóguese. Hoxe vai aprender unha dita galega: canto máis chores, menos mexas.

Un tremor sacudiu a man que suxeitaba a pistola, pero esta non se ergueu para me apuntar. Parecía mesmo que aquel rostro de granito comezaba a se erosionar e que dos seus minúsculos ollos ía manar unha fonte en calquera momento. Non obstante, foi unha va ilusión. Se algún día o neno tivera sentimentos, o home que tiña diante era incapaz de sentir a menor das emocións.

—Vostede cre que este é o único fragmento do diario de Delia? Erra! —Berrei brandindo na man o fragmento de diario mentres me erguía e me achegaba ao ancián—. Está equivocado! Teño moitos máis. Todos os que atesouraba o Xaquín polo medo e a precaución da Delia. Cando os publique quedarán ao descuberto as súas miserias e os seus crimes. Vostede

---

cre aínda que a súa historia é a historia dourada dos corenta anos do réxime, pero quedará retratado como o covarde que sempre foi ao abeiro de tipos armados con uniforme. Retratado por unha muller que tiña tanto amor para repartir que, por amor, deu a vida da peor das maneiras imaxinábeis.

Dei media volta e comecei a percorrer o corredor que conducía á rúa sen soltar o último anaco do diario da Delia existente sobre a Terra. Sentín un lixeiro calafrío ao pensar na posibilidade de que aquel covarde me disparase polas costas. Pero aínda así, movido por un mecanismo até ese momento descoñecido, continuei camiñando sen parar deica alcanzar a porta de saída, abrila e sentirme, por fin, a salvo.

Escorreguei entón polo marco exterior da porta, aínda entreaberta, até quedar sentado no chan. Abracei as páxinas amarelentas do diario da Delia e rompín a chorar con amargura, como xamais o fixera.

Entón, no interior da casa, soou un disparo. Oco. Sen efectos especiais. Nada grandilocuente. Un único son xordo, seguido dun ruído de cristais rotos, que acabou co meu choro. Levanteime sereno, case coa certeza de que aquel covarde disparo fora parar ao retrato enmarcado de Lamela pai. Sentín a dolorosa punzada que dá saber que certos personaxes non coñecen a dignidade, a vergoña, o arrepentimento. A mesma certeza que eses personaxes teñen de que fixeron o correcto durante toda a súa vida. Con rectitude. Como debía ser. E souben daquela que non existe a xustiza poética.

Descendín amodo polas escaleiras mentres enxugaba as meixelas e saín á chuviñosa mañá de Santiago empapándome de ducias de sentimentos acuosos novos e descoñecidos, mentres o ruidoso ambiente da rúa acalaba o balbordo dalgúns veciños da escaleira, curiosos e aburridos, ao saíren aos

seus relanzos e preguntarse uns a outros pola orixe daquel ru-
ído.

24. Epílogo

Cando comecei a miña viaxe a Galiza, no verán de 2010, nin por asomo me pasara pola cabeza que acabaría escribindo un libro. Cando amosei tal intención, fora só un calote para captar a atención do Manolito Lamela.

Pero a historia foi collendo forma, amodo, grazas aos ánimos que me deron Valérie, Carlos Díez e Rolf Lenoir e ao entusiasmo do cabo Lorenzo Silva, gran amante das novelas policiais.

Teño que lles agradecer o pesadelo das lecturas de borradores. En especial, á María López Suárez, unha muller encantadora, polas correccións de estilo e do meu galego tan falto de vocabulario, lingua na que me empeñei en escribir este libro en honor ao meu pai, á Delia, ás resistentes contra o franquismo e ás xentes do agro galego que aquí aparecen representadas por personaxes inexistentes con nomes e lugares inventados.

Despois da visita a Santiago escribín este libro en Galiza, Barcelona, Madrid, París e a illa de Menorca entre os anos 2011 e 2012.

César Pérez Acosta